이름 없는 사람들

• 이 도서의 국립중앙도서관 출판시도서목록(CIP)은 서지정보유통지원시스템 홈페이지(http://seoji.nl.go.kr)와 국가자료공동목록시스템(http://www.nl.go.kr/kolisnet)에서 이용하실 수 있습니다.
(CIP제어번호: CIP2019043958)

이름 없는 사람들

박영 장편소설

은행나무

세상에는 수백 개가 넘는 통행금지 구역이 있다.
그렇지만 대부분의 사람들은 그것에 대해 이상하게 생각하지 않는다.

차례

봄비 · 9

세뇌 · 20

틈새 · 38

허공 · 79

야경 · 104

거울 · 147

계단 · 165

베일 · 181

작가의 말 · 207

봄비

 어두운 골목 저편에서 자전거가 달려오고 있었다. 중년 사내는 페달을 밟아 거센 빗줄기를 뚫고 오는 중이었다. 나는 자전거가 멀어지기를 기다리다 차에서 내렸다. 트렁크를 열고 비어 있는 캐리어를 꺼냈다. 성인 남자 하나쯤은 거뜬히 들어갈 수 있는 크기였다. 나는 캐리어를 끌고 시장으로 들어섰다.
 쇠락한 항구 마을의 시장은 파장 분위기였다. 천막 아래 전구알들이 비바람에 흔들릴 때마다 벽에 비친 그림자도 위태롭게 출렁였다. 빗줄기가 점점 거세지고 있었지만 상인들은 무심한 얼굴로 좌판을 정리하고 있었다. 그들은 좌판에 늘어놓았던 생선 박스들을 거두고, 긴 호스에서 뿜어져 나오는 물로 들통을 헹구고 있었다. 불을 환히 밝힌 횟집엔 손님이 들지 않아 휑했다. 앞치마를 두른 여자 홀로 테이블에 앉아 벽에 걸린 TV를 보는 중이었다. 여자 앞엔 소주병이 놓여 있었다. 수족관에 갇힌 물고기들만이 숨 가쁜 듯 맹렬하게 아가미를 움직이고 있었다.

나는 복잡하게 얽혀 있는 골목들을 지나 목적지에 다다랐다. 일렬로 늘어선 잿빛 건물들이 퍼붓는 비에 젖어들고 있었다. 시장을 찾는 손님들이 점차 뜸해지자 주인들은 상가였던 건물을 개조해 방을 만들었다. 그 방들엔 주로 신분이 불확실한 사람들이 무보증 단기임대로 살고 있었다. 건물 외벽엔 낡은 간판들이 붙어 있었다. 오래전 이곳을 떠난 가게들의 흔적이었다.

가로등 불빛이 가까스로 밝히고 있는 길을 지나 나는 두 번째 건물의 출입구로 들어섰다. 내 몸에서 떨어진 빗방울이 시멘트 바닥을 어둡게 적셨다. 가파른 계단을 밟아 3층으로 올라갔다. 기다란 복도엔 철문들이 다닥다닥 이어지고 있었다. 복도 끝 공용화장실에서부터 흘러나온 지린내가 습기에 더욱 요동치고 있었다. 철문에 적힌 방 호수들은 사람들이 손수 매직펜으로 적어둔 것들이었다. 복도 쪽으로 난 쪽창마다 불빛과 저녁 짓는 냄새가 새어나왔다.

306호 쪽창의 방범창살 너머는 어두웠다. 아주 조그맣게 라디오 소리가 흘러나오고 있을 뿐이었다. 나는 주위를 살피다 문 앞에 바짝 다가섰다. 구부린 철사로 허술한 문을 열고 은밀하게 집 안으로 스며들었다. 길쭉한 방은 유리 중문으로 나뉘어 있었다. 유리문 이쪽은 주방이고 저쪽은 방이었다. 불투명한 유리로 새나온 불빛이 주방까지 흐릿하게 밝히고 있었다.

유리문 너머에선 라디오 게스트들의 말소리가 새나올 뿐 인기척이 느껴지지 않았다. 남자는 침입자의 존재를 눈치채지 못할 만큼 깊이 잠들어 있는 것 같았다. 싱크대엔 남자가 그동안 이곳에 숨어 지내며 축냈을 일회용 라면 용기들이 켜켜이 쌓여 있었다. 행주들은 반듯하게 널린 채 마르는 중이었다. 현관에 놓인 남자의 구두 한 켤레도 각을 맞추어 가지런히 놓여 있었다. 남자는 정리벽이 있는 것 같았다.

오늘의 표적인 오십대 남자는 직장에서 돌아오는 길에 종적을 감추었다고 했다. 남자는 재의 사무실을 찾아와 빚을 진 사람이었다. 숱한 사람들이 그러하듯 또 다른 대출금을 갚기 위해서였을 것이다. 더 이상의 담보가 남지 않은 남자는 재가 내민 자신의 생명보험증에 서명을 했을 것이다. 그리고 머지않아 무섭게 불어난 이자를 감당하지 못해 도피를 결심했을 때 남자는 벗어날 수 있을 거라고 믿었는지도 모른다.

그렇지만 재에게 빚을 지고 도망칠 수 있는 사람은 아무도 없었다. 남자는 이제 스스로의 목숨으로 빚을 가릴 차례였다. 남자는 곧 캐리어에 실려 깊은 저수지에 잠길 것이다. 그러곤 실종 처리될 것이다. 자살은 보험금이 나오지 않지만 실종자인 경우엔 3년 뒤 보험금이 지급된다. 그러므로 오늘부로 실종될 남자는 3년이 지난 뒤 재에게 빚을 갚게 되는 것이다. 표적들은 대개가 무연고자였기에 쉽게 실종자로 처리되었다. 설사 가족이 있다 하더라도 사채까지 끌어 쓴 신용불량자를 나서서 찾는 사람들은 없었다.

이런 방식으로 나는 그동안 무수한 표적들에게 빚을 받아냈고 그때마다 일정한 수수료가 떨어졌다. 그러니까 재에겐 무수한 3년 만기 적금통장이 있는 것이고 나는 그 적금통장을 만드는 대가를 받는 셈이랄까. 다만 수수료의 대부분은 다시 재에게 납입되었다. 나 역시 재에게 빚을 갚아야 하는 처지였기 때문이었다.

그러나 오늘 이 표적을 처리하는 것으로 나의 지리멸렬했던 수급자 노릇도 끝이 날 것이다. 나의 빚은 드디어 '0'을 눈앞에 두고 있었다.

나는 신발을 벗고 조용히 집 안으로 들어섰다. 중문을 밀고 방 안을 들여다보고서야 남자가 왜 그토록 고요했는가를 알게 되었다. 남자는 커튼봉에 연결한 전깃줄로 목을 감고 매달려 있었다. 커튼봉은 남자의 무게를 이겨내지 못하고 휘어진 채였다. 라디오에선 게스트들이 웃음을 터뜨렸고, 죽어가고 있는 남자의 입꼬리도 살짝 올라가 있었다. 나는 그에게 다가가 목덜미를 짚어보았다. 아직 희미하게 맥이 뛰고 있었지만 안색은 이미 질식한 사람처럼 창백했다. 목의 정맥이 짓눌린 탓에 서서히 뇌사가 진행되고 있을 것이었다.

약간의 허무함이 밀려왔다. 나의 마지막 표적은 이렇게 쉽게 손아귀에 들어왔다. 표적을 죽이는 수고로움조차 없이 자살음 실종으로만 위장하면 끝나는 것이다. 시체와 다름없는 남자를 저수지에 수장하고 나면 나는 자유의 몸이었다.

주머니에서 접이칼을 꺼냈다. 칼날로 간단히 남자의 목을 죄고 있는 전깃줄을 끊어냈다. 방 안 가득 울리는 빗소리와 함께 디제이의 목소리가 들려왔다. 가수 K가 노래합니다. 곧이어 감미로운 노랫말이 흘러나왔다. 그와 동시에 휴대폰 진동음이 들려왔다. 돌아보자 책상 위에 남자의 휴대폰과 신분증이 놓여 있었다. 휴대폰은 잠시 끊어졌다 다시 울리기를 반복했다. 저토록 끈질긴 것을 보니 빚쟁이가 아닐까. 나는 그 소리를 무시하고 묵묵히 일을 마무리하기 시작했다. 아직 맥이 희미하게 뛰고 있는 남자의 관절 마디들은 저항 없이 부드럽게 접혔다. 어느덧 남자는 캐리어 안에 태아처럼 몸을 말고 얌전히 누워 있었다. 나는 캐리어의 지퍼를 닫고 자리에서 일어났다. 이젠 남자의 바퀴 달린 작은 관을 밀어 저수지에 수장시킬 일만 남아 있었다.

작업을 하는 동안 흘러나왔던 노래는 이제 후렴구가 반복되고 있었다. 캐리어를 끌고 방문턱을 넘는데, 남자의 휴대폰이 또다시 울리기 시작했다. 갑자기 불길한 예감이 뇌리를 스치고 지나갔다. 그와 동시에 여러 명의 다급한 발자국 소리가 들려왔다. 그들은 문을 부술 듯 두드리며 소리쳤다.

신고를 받고 왔습니다. 저희가 문을 열고 들어가도 되겠습니까?

빌어먹을. 예상치 못한 일이었다.

빚쟁이들은 사법적으로 쫓기는 신세였기에 경찰에 신고하지 않았다. 그들은 더 이상 세상이 자신들의 편이라고 생각하지 않기 마련이었다. 그러나 남자는 자살하기 전 자진신고를 한 것 같았다. 대체 무엇 때문에 손수 전화를 걸어 자신의 죽음을 알린 것일까. 죽고 난 뒤에 부패해갈 자신의 몸을 스스로 정리할 수 없다는 강박이 발동했기 때문일까. 아니면 지금처럼 낯선 자가 자신의 시신을 거두어 가기 위해 찾아올 것을 예상하고 복수라도 하려 했던 것일까. 남자의 의도가 무엇이었든 곤란해진 건 나였다. 남자는 캐리어 안에 싸늘해진 몸을 말고 있었고, 나는 현장에 있었다.

곧 강제로 문을 여는 소리가 들려왔다. 우선 몸을 피하는 것이 급선무였다. 현장에서 검거되면 쇠고랑을 차게 될 것이다. 그건 또 다른 구속의 시작을 의미했다. 쟤는 그런 나를 외면할 것이다. 왜 하필이면 마지막 표적을 처리할 때 이런 어처구니없는 일이 발생한 것일까. 스스로 목을 맨 남자, 책상 위에서 끈질기게 울리던 휴대폰, 그리고 타이밍 맞춰 나타난 경찰들, 우연치곤 모든 것이 영화의 각본처럼 아귀가 맞물려 돌아가고 있는 느낌이었다. 이젠 결정을 내려야만 했다.

나는 밖으로 향하는 창문을 열었다. 담벼락과 건물 틈새로 난 비좁은 지면에 빗살이 내리꽂히고 있었다. 건물 뒷벽에 다행히 실외기들이 매달려 있었다. 담벼락 너머 골목을 지나가는 여자가 보였다. 검은색 우산을 쓰고 진흙탕 물이 고인 길을 지그재그로 건너가고 있었다. 등 뒤에선 강제로 문을 따는 소리가 나를 압박했다. 라디오에선 광고가 시작되고 있었다. 캐리어만이 고독한 침묵을 지키고 있는 중이었다. 나는 창틀에 올라섰다. 마지막으로 현관문 앞에 얌전히 놓여 있는 캐리어를 돌아보았다. 어쩔 수 없었다. 포기할 것은 포기해야만 했다.

나는 망설일 틈 없이 첫 번째 실외기 위로 몸을 날렸다. 쿵

하는 소리와 함께 몸이 비틀댔다. 실외기는 빗물에 젖어 미끄러웠다. 실외기를 받치고 있는 받침대가 무너지려는 듯 삐걱대기 시작했다. 나는 벽을 구불대며 지나가는 파이프 관에 매달린 뒤에 더 낮은 실외기 위로 떨어졌다. 아직도 바닥은 제법 멀었지만 주저 없이 몸을 날렸다. 발목뼈가 부스러질 것 같은 충격이 전해졌다. 바닥에 웅크리고 있던 도둑고양이가 파다닥 하고 뛰어갔다. 나는 절뚝대며 비좁은 길을 빠져나갔다. 시장 길에 들어선 뒤부터는 눈에 띄지 않도록 느긋하게 걸었다. 결코 뒤돌아보지 않았다.

골목에 주차해둔 대포차는 가차 없이 내리는 비를 두드려 맞고 있는 중이었다. 차에 올라타자마자 시동을 걸고 달리기 시작했다. 큰길로 빠져나간 뒤부턴 속도를 냈다. 도로는 한산하고 어두컴컴했다. 간혹 항구 쪽에서 왔을 법한 거대한 화물 트럭이 세차게 빗물을 튀기며 지나갔다.

10분쯤 내달렸을까. 나지막한 잿빛 건물들 틈새로 바다가 보였다. 그쪽을 향해 달릴수록 시야에 탁 트인 바다가 드러났다. 하늘에서부터 어둠이 피처럼 스며들고 있는 것처럼 바다는 검었다. 바닷속에 닻을 내리고 정박해 있는 거대한 화물선들은 거센 물살 위에서도 꿈쩍없이 떠 있었다. 시커먼 허공을 갈매기들만이 떼 지어 몰려다니고 있었다. 나는 급브레이크를 밟았다. 차바퀴가 빗길에 미끄러지며 가까스로 급정거했다. 일련번호가 새겨진 거대한 화물선이 눈앞에 버티고 있었다.

나는 마지막 일을 그르치고 말았다. 예상대로 일이 흘러갔다면 나는 지금쯤 산속 저수지에 캐리어를 던지고 있을 것이다. 자갈을 잔뜩 끌어안은 남자는 영원한 침묵 속으로 가라앉고, 나는 핏물로 부패한 저수지 앞에서 홀가분한 마음으로 뒤돌아섰을 것이다. 그 길로 다시는 뒤돌아보지 않았을 것이다. 그로써 나는 자유의 몸이 되었어야 했다. 그러나 이제 모든 것은 무산되었다. 나의 발목을 옥쥔 거대하고 녹슨 닻의 무게가 새삼스럽게 내 몸을 깊은 물속으로 끌어당기고 있는 기분이었다.

열아홉부터 서른이 될 때까지, 11년. 나는 숱한 표적들을 처리하며 살아왔다. 동공이 멈춘 채 입이 살짝 벌어져 있는 그들의 마지막 얼굴을 나는 보지 않았다. 표적이 숨어 있는 방에 들어갈 때와 달리 나올 땐 묵직해진 캐리어. 나는 그 안에 수백 개의 피 묻은 자갈이 들어 있을 뿐이라고 생각했다. 그 깊은 산속 저수지에 캐리어를 던지고 돌아설 때마다 나는 조금씩 자유로워지고 있다고 믿었다.

휴대폰이 울리기 시작했다. 전화를 받자 여느 때처럼 차분한 재의 음성이 내 귓속에 잔인할 정도로 감미롭게 흘러들어 왔다.

오늘 일은 아쉽게 되었군요.

아랫사람을 향한 재의 깍듯한 존칭이 오늘따라 서늘하게 느껴졌다. 나는 갑자기 목이 메어와 짓눌린 목소리로 답했다.

죄송합니다. 놈이 경찰에 연락을 할 줄은 몰랐습니다.

재가 너그럽게 말했다.

이번 기회로 또 배웠다고 생각하세요. 세상일이 언제 그렇게 예상한 대로만 흘러갔었나요.

나는 수치심에 몸을 떨며 말했다.

죄송합니다. 면목이 없습니다.

그러자 재는 목소리를 낮추어 말했다.

그런데 일이 조금 복잡하게 꼬인 것 같습니다.

경찰들은 캐리어를 열어보았을 것이다. 그리고 그 안에서 시체를 발견했을 것이다.

재가 내게 넌지시 물었다.

지금 하나시로 돌아오고 있습니까?

곧 돌아가겠습니다.

그렇게 답하자 재가 단호하게 말했다.

아니, 그럴 것 없습니다. 당분간 하나시로 돌아오지 마세요.

휴가라고 생각하세요. 차는 그곳에 버리고 떠나세요. 알아서 처리하겠습니다.

그 말을 끝으로 전화는 끊어졌다.

나는 먹잇감을 발견한 듯 몰려가는 갈매기 떼를 바라보았다. 그것들은 소름끼치는 비명을 내질렀다. 나는 핸들을 주먹으로 내리찍었다. 클랙슨 소리가 거대한 화물선에 부딪쳐 초라하게 튕겨나왔다. 이대로 끝낼 순 없었다. 어떻게든 다시 하나시로 돌아가 재로부터 새로운 기회를 얻어야만 했다. 나는 글로브 박스를 열어 손수건을 꺼냈다. 이를 악물고 핸들부터 시작해서 곳곳에 남아 있는 나의 지문을 닦아냈다. 마지막으로 내가 갖고 있던 신분증을 운전석에 던져넣고 차에서 내렸다. 재는 그 신분증을 주며 내게 말했었다.

이번 일만 무사히 마치면 마지막 이름이 되겠군요.

그러나 나는 새롭게 시작해야만 했다. 다시 누군가의 이름을 구걸해야 하는 신세가 된 것이다.

세뇌

재는 내 생일마다 선물 상자를 내밀었다. 그러나 나는 반짝이는 포장지로 감싸인 그 상자를 한 번도 열어보지 않았다. 나는 상자를 주머니에 넣고 다니다 거리의 아이들에게 나누어 주었다. 문방구 앞에 웅크려 앉아 망가진 오락기를 두드리고 있거나, 가로등 아래서 담벼락에 낙서를 하고 있는 아이에게 상자를 주었다. 혼자 놀고 있는 아이들이었다. 아이들은 고맙다고 말하지 않았다. 다만 이걸 왜 나에게? 하는 눈빛으로 날 빤히 바라보다 달아났을 뿐이다.

나는 때때로 궁금해질 때가 있었다. 재가 내게 주었던 상자들 속엔 무엇이 들어 있었을까? 작은 상자에 들어갈 수 있고, 아무런 무게감도 느껴지지 않는 것. 흔들어도 소리조차 나지 않는 그것. 그때마다 내 머릿속엔 작은 거미가 떠올랐다. 그 거미는 무덤처럼 어두운 곳에 은밀하게 거미줄을 쳐놓고 매달려 있었다. 그곳엔 나비 한 마리 날아오지 않았다. 그런데도 거미는 제가 쳐놓은 거미줄을 떠나지 않고 신문지처럼 말라붙었다. 나는 거미를 그곳에 영원히 붙잡아둔 것이 무엇이었는지 궁금했다. 그것은 나비였을까, 아니면 나비를 향한 거미의 간절한 갈망이었을까. 그게 무엇이었든, 거미가 공들여 잡게 된 것은 자기 자신이었다.

•

재가 처음으로 숫자를 적어서 보여준 건 내 나이 열세 살 때였다. 재는 새하얀 메모지를 꺼내 만년필촉으로 숫자를 적었다. 파란색 잉크로 적힌 숫자를 가리키며 그가 친절한 선생님처럼 설명해주었다. 그건 아버지가 갚지 못한 빚이라고. 아버지는 나를 담보로 빚을 졌고 그 빚을 갚지 못했으므로 이제 재가 나의 아버지인 거라고.

그러나 재는 아버지라고 하기엔 너무나 젊었다. 삼촌이나 형에 가까워 보였다. 짧게 친 머리에 초콜릿 색깔의 양복을 입고 있던 재의 얼굴은 햇빛을 오래도록 보지 못한 사람처럼 창백했다. 숱이 짙은 눈썹에 엷고 섬세한 입매를 갖고 있어서인지 무척 예민하고 허약해 보였다. 외풍이 심하고 허름한 사무실 풍경과는 도무지 어울리지 않았다. 재는 유럽의 어느 화려한 호텔로 배송되다가 유실되어 슬럼가 뒷골목에 잘못 안착한 공예품 같은 느낌을 자아냈다. 재는 가느다란 손가락으로 메모지를 가리키며 나지막이 말했었다. 때마침 창으로 스며든 햇살에 나는 눈살을 찌푸리며 그를 바라보았다.

이제부터 내 심부름을 잘할 때마다 이 숫자는 줄어들 거란다. 숫자가 얼마나 빠르게 줄어드느냐의 여부는 순전히 너의 근면성실함에 달려 있단다.

나는 재의 나른하고도 끝을 강조하는 목소리에 귀를 기울이며 고개를 끄덕였다. 재는 마지막으로 또 다른 흰 메모지를 꺼내더니 거기에 동그라미를 그렸다. 재는 아직 파란 잉크가 채 마르지도 않은 '0'을 가리키며 말했다.

너의 빚이 이렇게 되는 순간 너는 자유다. 그때 너는 그 누구의 아들도 아니란다. 알겠니?

재는 손을 뻗어 내 덥수룩한 머리를 쓰다듬어주었다. 마치 은총을 내리는 신부님의 손길처럼 감미로웠다.

재가 처음 내게 시킨 일은 숫자를 세는 일이었다. 열세 살의 나는 아침 9시부터 밤 9시까지 재의 사무실 건물 앞을 지나가는 사람들의 머릿수를 세었다. 재는 다정하게 말했다. 사람들의 숫자만큼 나의 빚은 줄어들 거라고. 그러나 한 사람이라도 잘못 세면 빚은 오히려 늘어날 거라고. 그 일은 생각보다 쉽지 않았다. 나는 화장실에 가는 게 허락된 단 세 번의 기회를 제외하곤 꼬박 열두 시간 동안 층계에 앉아 출입구를 바라보고 있어야 했다. 출입구 유리문 한쪽은 언제나 손님을 환영한다는 듯 바깥으로 열려 있었다.

내가 앉아 있는 자리에선 달동네의 정상에 이르는 가파른 경사면이 내다보였다. 비포장도로이기에 바람이 불면 흙먼지가 일었고 비가 오는 날엔 흙탕물이 튀었다. 덕분에 유리문은 언제나 지저분했다. 날씨가 좋은 날이면 비탈면에 햇빛이 충만하게 비쳤다. 그렇지만 그런 날에도 햇빛은 건물 안쪽까진 미치는 법이 없어 내가 앉아 있는 층계는 언제나 서늘했다. 나는 경사면을 뚫어져라 바라보고 있다가 사람의 그림자가 지나가면 재빨리 연필로 종이 위에 작대기를 그었다. 하나…… 둘……. 속으로 중얼거리면서.

재의 사무실은 사람들이 구릉지대에 무허가로 지어올린 마을의 아주 높은 곳에 자리 잡고 있었다. 교회는 그보다도 높은 마을의 정상에 있었다. 교회에서 새벽기도를 마친 사람들이 내려올 때면 내 손이 바빠졌다. 종이 위엔 삐뚤빼뚤한 선들이 늘어났다. 나는 선을 긋느라 사람들을 구경할 새가 없었다. 그들이 한차례 지나가고 난 뒤 길은 또다시 한적해졌다. 간혹 그 비탈길에 내 또래 아이들이 책가방을 메고 지나갈 때가 있었다. 어른들과 달리 아이들은 이곳저곳 두리번대며 걷다가 계단에 앉아 있는 나를 발견하곤 했다. 아이들이 날 이상한 눈으로 바라봐도 나는 다만 연필을 들어 종이에 작대기를 두세 개씩 더 그을 뿐이었다.

병신.

가끔 짓궂게 생긴 아이가 날마다 층계에 앉아 있는 내가 기분 나쁘다는 듯 돌을 던졌다. 그때도 난 말없이 작대기를 하나 더 그었을 뿐이었다. 내게 돌을 던진 아이가 시비를 걸려고 다가와도 나는 꿈쩍도 하지 않았다. 다만 내 귓가엔 재의 속삭임이 떠올랐다.

이 숫자가 '0'이 되는 날에 너는 자유로워질 거야. 이제 더 이상 너에게 아버지는 없는 거지.

그 말은 묘하게 날 자극했고, 떨리게 만들었다.

그러므로 난 내게 돌을 던진 그 아이에게 돌을 던지지 않았다. 병신아, 꺼져, 라고 소리치지 않았다. 내게 욕하는 아이 역시 내겐 작대기 하나일 뿐이었고, 작대기는 곧 날 더 자유롭게 만들어줄 것이었다. 어떤 사람이 지나가든 나는 상관하지 않았고 관심조차 기울이지 않았다.

그렇지만 그런 내게도 힘든 일이 있었다. 그건 사람들의 따가운 시선도 추위도 욕설도 아니었다. 졸음이었다. 층계에 한 자세로 앉아 있다 보면 어김없이 졸음이 쏟아졌다. 나는 잠을 몰아내기 위해 고개를 쳐들었고, 그럴 때면 잊고 있던 건물의 기이한 구조가 눈에 들어왔다.

건물은 외딴 바다에 우뚝 서 있는 등대처럼 생겼다. 둥근 원기둥으로 쌓아올린 벽돌 건물은 내벽을 따라 나선형 계단이 이어지고 있었다. 위로 올라갈수록 건물의 폭은 좁아졌고 자연스럽게 층계의 가로 길이 또한 줄어들었다. 2층엔 철문이 둥글게 벽을 따라 세 개, 3~4층엔 마주보고 두 개씩, 그리고 5층 꼭대기엔 재의 사무실만 있었다. 그중 재의 사무실을 제외한 다른 사무실들은 모두 문을 닫은 지 오래였다. 닫힌 철문마다 불그스름한 녹이 기묘한 무늬를 그리며 돋아나 있었다. 나선형 계단을 둘러싸고 있는 쇠난간들도 녹에 뒤덮여가고 있었다. 건물 입구로 거센 바람이 스며들 때면 난간들은 일제히 우우 하는 소리를 내며 공명했다. 그 소리에 맞춰 건물 한가운데 뚫려 있는 터널 같은 빈 공간엔 먼지들이 떠돌았다. 나는 빛 속을 떠다니는 먼지들을 눈으로 쫓다가 잠들어버리곤 했다.

그렇게 설핏 잠이 들 때면 누군가 위에서 날 내려다보고 있는 듯한 시선이 느껴졌다. 재일지도 모른다는 불안감이 들었지만 졸음을 물리치긴 어려웠다. 나는 꿈에서도 바깥을 지나가는 사람들을 바라보며 부지런히 종이 위에 선을 그었다. 그러나 잠에서 깨어나면 그 선들은 모두 사라지고 없었다. 누군가 지우개로 지워버린 것처럼 종이는 깨끗했다. 나는 졸았다는 걸 숨기기 위해 거짓으로 선을 그었다.

그런데 그런 날이면 재는 어김없이 내가 그은 선을 바라보고 있다가 희미하게 웃으며 말했다.

오늘의 선들은 거짓말을 하고 있군요. 그러므로 오늘은 이 선들만큼 숫자가 늘어납니다. 인정하지요?

나는 재를 속일 수 없다는 걸 깨달았다. 그랬기에 더 이상 거짓으로 선을 긋지 않게 되었다. 언제나 높은 데서 재가 날 지켜보고 있는 것만 같았다. 막상 고개를 들어보면, 재는 보이지 않았다. 나선형 계단이 휘감고 있는 빈 공간에 햇빛이 스며들고 있을 뿐이었다. 나는 그 어딘가 숨어 있을 재의 시선을 찾아 눈을 찌푸리며 빛을 더듬곤 했다.

지금 생각해보면 열세 살의 내가 죽어라 매달렸던 그 일은 정말이지 재에겐 전혀 이득이 없는 일이었다. 그런데도 재는

1년을 꼬박 내게 그 일을 시켰다. 계단에 앉아 1년 남짓 보냈을 때 난 더 이상 계단에 오래 앉아 있는 것이 힘들지 않았다. 사람들이 지나갈 때면 머리로 생각하지 않아도 손이 반사적으로 움직여 선을 그었다. 이제 나는 사람들의 얼굴과 목소리엔 관심이 없는 사람이 되어 있었다. 그들이 어떤 표정을 짓고 어떤 옷차림을 하고 있든지 간에 나는 신경 쓰지 않았다. 다만 그들은 모두 작대기, 선(線)으로 수렴되었다. 재는 아마도 내가 그런 상태가 되게끔 하려고 반복적으로 선을 긋게 했을 것이다. 목표물 외 다른 것에는 눈을 돌리지 않게 하는 것. 그것은 일종의 훈련이었던 것이다.

열세 살의 겨울이 끝나갈 무렵이었다. 한동안 폭설이 내려 거리를 지나다니는 사람들의 수가 줄어들었다. 새벽기도를 마치고 돌아가는 사람들의 수도 예전 같지 않았다. 나는 초조해졌다. 종이의 선들이 줄어들수록, 빛이 줄어드는 속도 또한 더뎌졌다.

그날도 나는 검사를 맡기 위해 재의 사무실을 향해 층계를 올랐다. 벽에 나 있는 창문으로 온통 눈에 뒤덮인 달동네가 내려다보였다. 내가 어릴 때부터 나고 자란 동네는 높은 데서 내려다보니 낯설었다. 지붕의 굴뚝마다 연기가 솟아나고 있었다. 연기가 나지 않는 집들의 지붕엔 눈이 수북이 쌓여 있었다. 그런 집은 사람이 살고 있지 않은 집이었다.

사무실 문을 열고 들어가자 재는 음악을 들으며 그날의 서류를 정리하고 있었다. 나는 손님용 가죽소파에 앉아 재가 일을 마칠 때까지 기다렸다. 난로가 타고 있는 따뜻한 공간에 들어오자 가슴이 갑갑해졌다. 얼어붙은 손과 발끝이 녹아내리며 간지럽고 따끔거렸다. 나는 음악 소리와 함께 간헐적으로 재가 두드리는 계산기 소리에 귀 기울이고 있었다. 일을 마친 재는 내 앞에 마주 앉아 한동안 따뜻한 녹차를 마셨다. 그는 음악의 선율에 맞춰 지그시 눈을 감고 자신의 무릎에 올려둔 손가락들을 까닥이고 있었다. 음악이 멈추고 난 뒤에야 재는 감고 있던 눈을 떴다. 재는 아주 중요한 말을 전하려는 듯 엄숙한 음성으로 말했다.

베토벤 교향곡 3번입니다.

나는 고개를 끄덕였다. 뭐라고 대답해야 할지 알 수 없었다. 재는 아주 느리게 말을 이었다.

이 곡은 베토벤이 귀가 멀었을 때 작곡한 것입니다.

재가 내 눈을 바라보며 물었다.

그게 어떤 의미인 줄 알겠나요?

나는 고개를 가로저었다. 재는 당분간 아무 말 없이 차를 마시다가 결심한 듯 찻잔을 내려놓더니 종이를 달라고 했다. 그는 그날따라 선의 개수를 세어보지 않았다. 조바심으로 짓눌려 있는 날 보지 않은 채 재가 말했다.

이제 준비가 된 것 같네요.

내가 의아한 눈길로 바라보자 재가 말했다.

바깥세상으로 나갈 준비 말입니다.

●

그해 겨울부터 나는 세상으로 나가 재의 심부름을 수행하기 시작했다. 내 임무는 숨어 있는 표적들을 찾아내는 것이었다. 나는 재가 지정한 장소로 가서 사진 속의 사람들을 찾아다녔다. 그들이 숨어 있는 곳은 낯선 도시의 폐공장일 때도 있었고 항구 마을일 때도 있었다. 때론 외딴 섬일 때도 있었다. 표적이 나타날 때까지 나에게 세상의 모든 건 단지 숨은그림찾기의 뒷배경일 뿐이었다.

나는 태어나 처음 가본 바다에 눈길조차 주지 않았다. 끝없이 밀려드는 파도와 선착장을 오가는 배들, 앞치마를 두르고 생선을 손질하는 여자들을 나는 보지 않았다. 시장 귀퉁이에 놓인 드럼통마다 수북이 쌓여 있는 생선의 내장들과 고깃배를 따라 비명을 내지르며 달려드는 갈매기 떼를 나는 보지 않았다. 그 모든 것들을 외면한 채 오직 표적이 나타나기만을 기다렸다.

내가 머무는 곳이 어디든 나는 그곳의 일부처럼 녹아들었다. 숨은 그림을 찾으려면 나 역시 숨은 그림이 되어야만 했다. 간혹 날 흘끔대는 사람들이 있었지만 그들은 나와 눈이 마주치면 본능적으로 눈길을 피했다. 가끔 내게 말을 거는 사람들이 있었다. 노파나 화장을 짙게 한 여자들이었다. 그럴 때면 나는 되도록 빠르게 그들로부터 멀어져갔다. 찾아낸 표적들의 숫자가 누적될수록 나의 몸은 점점 날렵하고 단단해졌다. 어느 어두운 틈새에도 쉽게 스며들었고, 어떤 더러운 벽에도 납작하게 달라붙었다.

오래도록 숨조차 쉬지 않고 그림자처럼 지내다 보면 어느 날 사람들 속에서 표적의 얼굴이 나타났다. 그제야 멎어 있던 심장박동이 맹렬하게 뛰기 시작하는 느낌이었다. 살아 있다는 기분이 들었다. 그럴수록 나는 흥분을 자제하며 조용히 재에게 연락했다. 수고했습니다. 재는 언제나 기다리고 있었다는 듯 그렇게 답하며 다음 행선지를 알려주었다. 나는 더 이상 지체하지 않고 역을 향해 돌아섰다.

무사히 일을 마친 뒤엔 미친 듯한 허기가 몰려오기 마련이었다. 기차역 매점에서 나는 닥치는 대로 먹을거리를 사서 배낭에 담았다. 크림빵과 우유 따위였다. 나는 열차 좌석에 앉자마자 음식물을 한꺼번에 입에 쑤셔넣었다. 그 순간 내게 중요한 건 목구멍으로 음식을 삼키고 텅 빈 위장을 채우는 일뿐이었다. 옆 사람이 이상하게 바라보는 시선 따위는 신경 쓰지 않았다. 배가 부르고 나면 궁금해지는 것이 있었다. 내가 찾아낸 표적들은 어떻게 되는 것일까? 그러나 나는 재에게 그것을 물어볼 수 없었다. 어쩐지 그래선 안 될 것 같았다.

그러던 어느 날이었다. 나는 기찻길이 지나가는 산간 마을에 머물고 있었다. 장마철이라 수시로 비가 내렸다. 비가 내리면 사람들이 우산을 쓰고 다녔기 때문에 사람의 얼굴을 확인하는 게 쉽지 않았다. 숨은그림찾기의 난이도가 한층 높아지는 것이다. 그런데 나는 편의점에 들어갔다가 라면을 먹고 있는 표적을 우연히 발견했다. 삼십대 정도로 보이는 남자는 깡말라 턱뼈가 두드러져 있었다. 눈동자는 불안한 듯 수시로 주위를 살폈다. 남자는 오래 굶었는지 허겁지겁 라면을 먹고 있었다. 슬리퍼를 신고 있는 것으로 보아 멀지 않은 곳에서 머물고 있을 거란 추측이 들었다. 나는 자연스럽게 물건을 고르는 척 기다리고 있다가 편의점을 나서는 표적에 따라붙었다.

표적은 편의점 뒤편에 있는 낡은 건물로 들어섰다. 2층으로 올라간 표적은 긴 복도를 걸어가서 문을 열고 들어갔다. 나는 곧 재에게 연락을 했다. 재는 언제나 그랬듯 내게 말했다. 수고했습니다. 그러곤 다음 행선지를 말해주었다. 그러나 그날따라 나는 늑장을 부리며 그곳을 떠나지 않았다. 강한 호기심으로 복도 끝에 쌓여 있는 박스 더미 뒤에 몸을 숨기고 있었다. 가슴이 터질 듯 두근댔다.

머지않아 누군가 복도 끝에 나타났다. 허름한 점퍼를 입고 있는 한 사내가 캐리어를 끌고 걸어오고 있었다. 캐리어 바퀴가 바닥을 긁는 소리가 복도에 울렸다. 머리카락이 비에 흠뻑 젖어 있는 사내는 얼굴이 창백했고 입가는 굳어 있었다. 그는 표적이 숨어 있는 집 문을 따고 들어간 지 채 20분도 되지 않아 문을 열고 나왔다. 나는 멀어져가는 사내의 뒷모습을 지켜보았다. 그가 끌고 가는 캐리어는 아까와 달리 부쩍 무거워진 것 같았다. 나는 그 안에 무엇이 들어 있는지 짐작할 수 있었다. 편의점에서 허겁지겁 라면을 먹던 남자의 얼굴이 떠올랐다.

그날 기차 안에서 꿈을 꾸었다. 나는 복도를 걸어가고 있었다. 텅 빈 것처럼 가벼운 캐리어를 끌고 가는 중이었다. 복도의 벽엔 내 그림자가 기다랗게 나를 따라오고 있었다. 그런데 캐리어가 점점 무거워졌다. 급기야 끌고 가기가 벅찰 정도로 무거워지자 나는 걸음을 멈추었다. 그러고는 캐리어 안에 무엇이 들어 있는지 확인하려 지퍼를 열어보았다. 그 안에서 파랗게 부패한 손이 뻗어나와 내 손목을 붙잡았다. 도망치려 했으나 나를 붙든 손의 악력이 너무나 강했다. 그 손등엔 퍼런 힘줄이 터질 듯 솟아나와 있었다. 나는 저항을 멈추었다. 컴컴한 캐리어 안에서 들려오는 건 아버지의 목소리였다.

너는 절대로 도망치면 안 된다. 알겠니?

●

아버지를 마지막으로 보았던 날, 아버지는 불쑥 집으로 들어와선 내게 갈 데가 있다고 했다. 아버지가 돌아온 건 한 달 만이었다. 무언가에 쫓기는 사람처럼 불안해 보였다. 머리는 덥수룩했고 얼굴은 납빛이었다. 방한점퍼에선 비릿한 냄새가 진동했다. 나는 집에서 만화책을 읽고 있었다. 교회에서 빌려온 것이었다. 총 14권으로 된 시리즈의 11권째 책을 읽고 있었다. 한 소년의 모험기를 그린 이야기가 너무나 흥미로워서 멈출 수가 없었다. 나는 만화책을 다 읽을 때까지 아버지가 돌아오지 않기를 기도했으나 하느님은 이번에도 내 기도를 들어주지 않았다.

그런데 그날 아버지는 이상했다. 여느 날처럼 인사를 제대로 하지 않았다며 나를 발로 걷어차거나 욕설을 퍼붓지 않았다. 아버지는 고요한 얼굴로 내게 목욕을 하라고 말했을 뿐이었다. 나는 물을 끓여 아버지가 지켜보는 앞에서 머리를 감고 몸을 씻었다. 내가 갖고 있는 것 중에 가장 깨끗한 옷으로 갈아입고 아버지를 따라 달동네의 높은 곳까지 올라갔다. 아버지가 멈춘 곳은 그 기묘하게 생긴 건물 앞이었다. 교회에 갈 때마다 생김새가 특이해 흘끗 쳐다보았던 건물이었다. 벽돌로 쌓은 외벽은 담쟁이넝쿨에 뒤덮여 있었다. 한낮에도 그 건물의 창문들은 늘 어두컴컴했다.

아버지를 따라 나선형 계단을 올랐다. 가장 높은 층의 철문을 열자 어두컴컴한 사무실이 나왔다. 얼굴이 창백한 남자가 우리를 흘끗 쳐다보았다. 그가 재였다. 재는 내게 오렌지주스 캔을 내밀었다. 그러고는 내가 오렌지주스를 마시는 동안 아버지에게 말했다.

멀리 도망쳐봐야 저의 손바닥 안입니다. 여기저기에 제 눈과 귀가 있다고 말씀드렸었지요?

나는 그의 앞에 서 있는 아버지의 얼굴을 흘끗댔다. 아버지는 겁을 먹은 어린아이처럼 보였다. 온몸을 떨고 있는 게 눈에 보일 정도였다. 한눈에도 아버지가 재보다 훨씬 힘이 셀 것 같았다. 술에 취한 날이면 닥치는 대로 물건을 부수고 나를 때렸

듯이 재도 때려눕히면 될 텐데. 아버지는 그렇게 하지 않았다. 그것이 난 이해되지 않았다. 재는 며칠은 굶은 사람처럼 얼굴에 핏기가 없고, 따스한 봄날인데도 긴 목에 스카프를 두르고 있었다. 그는 푹신한 가죽소파에 몸을 파묻고 앉아 따뜻한 차를 마시고 있을 뿐이었다. 잠시 뒤 재는 엉거주춤 서 있는 아버지를 바라보지도 않은 채 말했다.

약속을 어기면 어떻게 되는지 다시 설명해드리지 않아도 되겠죠?

아버지가 무너지듯 무릎을 꿇고 앉더니 머리를 바닥에 가져다 댔다. 재가 차를 몇 모금 더 마시더니 떨고 있는 아버지를 향해 나지막이 말했다.

그런 거 하지 마세요. 우리는 계약대로만 움직입니다. 그래도 계약했던 대로 아드님을 직접 데리고 오셨군요. 좋습니다.

재의 시선이 천천히 나를 향했다. 나는 재의 눈동자를 똑바로 바라보았다. 그의 눈동자는 유리구슬처럼 차갑게 번들대고 있었다. 잠시 뒤 그의 입가에 절제된 웃음이 어렸다.

거짓말하신 게 아니군요. 아드님은 영특해 보입니다. 아버님처럼 무모하진 않겠군요.

재는 한동안 무언가를 고민하는 것 같더니 재킷 가슴 주머니에 꽂혀 있던 만년필을 꺼내 들었다. 날카로운 펜촉으로 메모지 위에 무언가 적으려다가 잊고 있었다는 듯 날 바라보며 단호한 말투로 말했다.

아저씨가 부를 때까지 넌 집에 가 있으렴.

나는 재에게 인사하고 사무실을 빠져나오기 위해 돌아섰다. 그런데 걸어가는 내 발목을 아버지가 붙잡았다. 내가 소스라치며 내려다보자 아버지가 붉게 피가 몰린 얼굴을 쳐들어 날 바라보며 속삭이듯 말했다.

넌 절대로 도망치면 안 된다. 알겠니?

내가 고개를 끄덕이자 아버지는 그제야 내 발목을 붙잡고 있던 손에 힘을 풀었다.

그날 이후 아버지는 집에 돌아오지 않았다. 그렇지만 나는 재에게 아버지가 어디로 갔는지 묻지 않았다. 어쩐지 그에게 그런 것을 물어서는 안 된다는 느낌이 들었다.

•

표적을 찾으러 여러 도시를 전전하는 동안 시간이 흘렀다. 어느 날 흔들리는 기차의 화장실 거울에 비친 나는 재보다 키가 크고, 기억 속 아버지보다 어깨가 단단하게 벌어져 있었다. 나는 전혀 다른 사람처럼 변해 있었다. 그렇게 스무 살이 되던 봄이었다. 처음으로 재에게 문자가 아닌 전화가 왔다.

오랜만이네요.

재는 깍듯이 존칭을 사용하며 말했다.

이제부터는 좀 더 빠르게 빚을 갚을 수 있는 일을 하는 것이 어떻겠습니까?

네. 알겠습니다.

재는 만족한 듯 의뭉스러운 웃음소리를 내더니 말했다.

그럼 새로운 이름을 준비해두어야겠군요.

나는 앞으로 내가 하게 될 일들이 어떤 것인지 짐작할 수 있었다. 그동안은 표직들이 몸을 숨기고 있는 문들을 찾아 다녔다. 이제부터 나는 그 문을 열고 들어가야 할 것이었다. 오래전 복도 끝에 숨어 우연히 지켜보았던 한 사내의 모습이 떠올랐다. 비에 흠뻑 젖은 사내는 무거워진 캐리어를 끌고 멀어져가고 있었다. 그는 지금쯤 '0'을 관통해 자유로워졌을까? 살짝 알 수 없는 현기증과 구토가 밀려왔다. 나는 스스로를 진정시키기 위해 숫자를 세기 시작했다. 하나…… 둘…… 셋……. 나는 생각했다. 지금 나는 다만 선 긋기를 하고 있을 뿐이라고. 내가 처리해야 하는 표적들은 다만 선 하나일 뿐이라고. 그러므로 나는 더 이상 고민할 필요가 없는 거라고. 나는 그렇게 중얼댔다.

틈새

 이곳은 군부대를 끼고 있는 외곽 마을의 모텔이었다. 여기에 숨은 뒤로 며칠이 흘렀는지 가늠조차 되지 않았다. 나는 창가로 걸어가 암막 커튼을 열었다. 저물어가는 햇빛에 강변의 갈대밭은 금빛으로 물들어 있었다. 바람이 불어오는지 갈대들이 한쪽으로 쏠리며 쏴아 소리를 냈다. 갈대밭은 무언가를 은밀하게 감추고 있는 것처럼 기분 나쁘게 술렁였다. 나는 커튼을 치고 돌아섰다. 방 안은 다시 컴컴해졌다.

 그날 나는 항구에 차를 버리고 무작정 걸었다. 낯선 마을들을 지났다. 끝없이 이어지는 전신주를 따라 가로등도 없는 도로를 걷고, 야산을 넘었다. 그러는 사이 어느덧 새벽빛이 퍼렇게 밝아왔다. 나는 낯선 정거장에서 새벽 첫 버스를 타고 이곳 강변 마을에 도착했다. 모텔 카운터를 지키고 있던 사내는 권태로운 얼굴로 방 키를 던지듯 내주었다. 엘리베이터도 없는 후락한 모텔이었다. 나는 4층까지 층계를 걸어 올라 복도 맨 끝 방에 들어갔다. 주위를 살필 여력도 없이 그대로 침대에 쓰러져 잠들었다. 얼핏 의식이 돌아올 때마다 소리가 들려왔다. 누군가 벽 너머에서 고함을 질렀고, 신음을 내질렀다. 잊을 만하면 멀리 군부대에서 포탄을 쏘는 소리가 들렸다. 그리고 그 모든 소리가 잠잠해질 때마다 바로 귓가에서처럼, 갈대들이 끝없이 몸을 부대끼는 소리가 들려왔다.

지난 임무를 실패한 뒤 재로부터 아무런 연락도 없었다. 일이 해결될 때까지 이곳에 숨어 있으란 문자가 마지막이었다. 지난 이름은 폐기되었고 이제 나는 더 이상 이름이 없는 상태였다. 재가 새로운 이름을 구해주기 전까지 나는 그저 무력하게 시간을 죽이고 있어야만 했다. 암막 커튼을 내려놓아 빛 한 점 들지 않는 이 비좁은 방 안에선 시간마저도 더디게 흘러가는 것만 같았다.

나는 밀려드는 불안감에 TV를 켰다. 끝없이 채널을 돌렸다. 외국인 남자가 테이블 위에 수북이 쌓인 햄버거를 꾸역꾸역

입안으로 밀어넣고 있었다. 홈쇼핑 방송의 쇼호스트는 부도난 기업의 제품이라 할인가에 판매한다며 환하게 웃고 있었다. 당뇨에 걸린 오십대 남자는 혈당 수치를 낮추고자 걷고 또 걸었다. 강박적으로 TV를 돌리던 나는 뉴스 화면에 시선이 붙들렸다.

화면 속 캐리어가 낯익었다. 내가 며칠 전 버리고 도망쳤던 캐리어였다. 나는 아나운서의 말에 바짝 귀를 세웠다. 김 모 씨는 한 달간 실종되었다가 한 원룸에서 싸늘한 주검으로 발견되었습니다. 김 모 씨의 신고를 받고 현장에 출동했던 경찰은 김 모 씨가 캐리어에 담겨 있는 것을 발견하고 단순 자살이 아닌 것으로 추정하고 있습니다. 김 모 씨의 시신을 부검한 결과 어떠한 방어흔도 발견되지 않았지만, 캐리어에 담겨 있었다는 사실이 수사에 혼란을 주고 있습니다. 그 어떠한 목격자도 없는 가운데 이 사건이 최근 하나시에서 연이어 발생하고 있는 실종 사건과 관련이 깊을지도 모른다는……

나는 TV를 꺼버렸다. 생각보다 상황이 더욱 나빠 보였다. 나의 실수로 인해 재의 사무실 역시 곤경에 빠질지도 몰랐다. 창 너머에선 또다시 갈대들이 술렁이는 소리가 들려왔다. 음산한 그 소리는 언젠가 내게 낮게 뇌까렸던 재의 목소리처럼 들려왔다.

이 세상에서 가장 악한 자가 누구인 줄 아십니까? 그건 더 이상 아무런 쓸모가 없는 자들입니다. 남에게 기생해서 살고, 그렇게 쌓인 빚을 스스로 갚을 줄 모르는 자들이지요. 그러니 그런 자들을 처리하는 일에 죄책감 같은 걸 느낄 필요는 없습니다.

재의 말대로라면 나는 이제 악이었다. 재는 이제 나 따위는 없애는 게 이롭다고 판단할지도 몰랐다. 그 한순간의 실패로 눈앞에 두고 있던 '0'은 영원히 멀어져버린 것일까. 입안이 썼다. 나는 이번 일을 마지막으로 작은 산간 마을에 숨어들어 만화책방을 운영하며 살 생각이었다. 이럴 때 읽지 못한 만화책들을 실컷 읽으며 아주 평범하게 늙어가고 싶었다. 그러나 다 망쳐버렸다. 나는 숨 막히는 갑갑증을 떨쳐내고 싶어 미지근한 물병의 물을 들이켰다. 어두운 방 안에 휴대폰 불빛이 깜박였다. 다급히 손을 뻗어 메시지를 확인했다.

하나시의 천변 식당에서 보자는 재의 문자였다. 안도감과 동시에 긴장감이 들었다. 재는 웬만해선 식사를 제안하지 않았다. 시간 낭비를 싫어하기 때문이었다. 그런 재가 밖에서 따로 만나자고 할 때에는 분명 그만한 이유가 있을 것이었다. 재는 내게 어떤 제안을 하려 하는 것일까? 그렇지만 지금의 나로선 선택의 여지가 없었다.

●

　하나시로 향하는 고속철에 몸을 실었다. 고속철엔 노인과 군인들이 대부분이었다. 나는 출입문에 몸을 기대고 유리 너머를 바라보았다. 황량한 들판과 낡은 주택단지들이 번갈아가며 나타나고 있었다. 하늘은 빠르게 어두워지고 있는 중이었다.

　시간이 흘러 고속철이 하나시에 진입했다는 것을 창밖의 전경을 통해 알 수 있었다. 돌연 수직으로 이루어진 세상에 진입한 느낌이었다. 컴컴했던 창밖은 고층 빌딩들이 내뿜는 불빛들로 현란했다. 고가도로에 차들은 정체되어 있었고, 거리는 인파로 북적였다. 네온 불빛들이 사람들을 유혹하고 있었다. 나는 고속철이 정차하자마자 승강장에 내려 인파 속에 섞여들었다.

　역에서 빠져나오자 고층 빌딩들이 시야를 가렸다. 그것들 가운데서도 단연 눈길을 사로잡는 것이 있었다. 멀리 어두운 하늘을 향해 솟구쳐 있는 T타워였다. 하나시에서 가장 높은 T타워는 이곳의 상징과도 같았다. 초고층 빌딩의 매끄러운 표면은 투명한 전광 유리판으로 이루어져 있었다. 도시 전역에서 보이는 그곳엔 T사의 광고 영상이 띄워지고 있었다. 드넓은 초원에서 아이들이 뛰어놀고 있었다. 키 높은 나무들 사이를 달려가는 여자아이의 머리칼에 햇빛이 반짝였다. 그 영상을 바라보자 내가 하나시에 돌아왔다는 것이 실감되었다.

나는 잠시 영상에 시선을 빼앗겼다가 이내 고개를 숙이고 역 광장을 가로질렀다. 재와의 약속 장소인 천변 식당가는 이곳에서 도보로 20분쯤 떨어진 곳이었다. 그런데 역 앞 사거리에는 삼엄한 긴장감이 감돌고 있었다. 도로엔 차들이 통제되었고 의경들이 떼 지어 몰려나와 있었다. 그리고 멀리서부터 시커멓게 시위대의 행렬이 다가오는 중이었다.

3년 전 불황이 닥친 뒤 하나시엔 시위가 끊이지 않았다. 기업들은 줄줄이 도산했고, 개인 파산자들이 넘쳐났다. 상대적으로 힘이 약한 회사가 그보다 강한 회사에 흡수될 때마다 숱한 실직자들이 거리에 나왔다. 하루아침에 직장을 잃은 사람들은 침묵하며 거리를 행진했다. 침묵시위였다. 시위대의 행렬은 나날이 길어지고 있는 중이었다. 시위대가 늘어날수록 도시의 침묵도 깊어지는 것 같았다. 그러나 아무리 많은 사람들이 거리에 쏟아져 나와도 달라지는 건 없었다.

나는 의경들이 깔린 도로를 가로질렀다. 도시가 어떻게 되든 내겐 당장 새로운 이름이 필요했다. 새로운 이름을 얻지 못한다면 나의 삶은 끝장이었다. 빌딩 틈새로 난 길을 지나 뒷길로 스며들었다. 이곳은 대로변과 분위기가 사뭇 달랐다. 골목마다 먹고 떠드는 사람들로 그득했다. 음식을 볶고 튀기는 기름 냄새와 고기를 익히는 연기들이 공중을 부옇게 흐리고 있었다. 사람들은 흥청망청 취해가고 있었다.

불황을 타고 무수한 삶이 무너져내렸지만, 재의 사무실은 어느 때보다 호황을 누렸다. 먹이사슬이 촘촘하게 뻗어 있는 하나시에서 밑바닥까지 떠밀린 사람들은 재의 사무실을 찾아왔다. 재는 도시에서 도태되고 버려진 사람들을 통해 지난 3년간 엄청난 수익을 창출했다. 재의 사무실로 이어지는 나선형 계단이 닳도록 숱한 사람들이 밀려들었다. 그들은 하나같이 절박한 얼굴로 찾아와 얌전히 머리를 조아렸다. 재는 누구에게나 공평하게 따뜻한 차와 함께 돈을 내주었다. 눈앞이 이미 어두워진 그들은 재가 내민 생명보험증에 망설임 없이 서명했다. 재는 하루 만에 높게 쌓인 문서들을 거두어 산수화로 위장된 금고 안에 차곡차곡 쟁였다. 도시의 위기는 재와 같은 사람들에겐 그야말로 기회였다.

•

천변의 식당가에 도착한 나는 주위를 두리번댔다. 오래전부터 공구상과 철물점, 인쇄소들이 자리 잡고 있던 곳이었다. 그러나 도시재건사업과 함께 도시의 구정물이 흘러들던 하천이 맑아지며 자릿세가 천정부지로 치솟았다. 오래전부터 터를 잡고 있던 가게들은 값비싸진 세를 감당하지 못하고 떠났다. 그 빈자리를 게임이나 광고회사들, 혹은 고급 레스토랑이 채우고 있는 중이었다.

이제 옛 가게들의 흔적은 모던한 가게들의 인테리어에 녹아들어 독특한 정취에 보탬이 되고 있을 뿐이었다. 나는 미래적인 느낌과 고전적인 느낌이 아슬아슬하게 공존하는 비좁은 골목으로 들어섰다. 가게에서 흘러나오는 음악 소리와 불빛에 홀린 듯 골목을 헤매다 보니 '상해'라는 양꼬치 집이 나타났다. 그러나 나는 가게 앞에서 발걸음을 멈추었다. 재는 내게 상해 '앞'에서 기다리고 있으라 했다.

내가 비좁은 길을 가로막고 있자 행인들이 언짢은 표정으로 날 흘끔댔다. 나는 무표정한 얼굴로 그 자리에서 버티고 있었다. 상해의 유리창 너머 반지층 가게엔 사람들이 바 앞에 주르륵 앉아 꼬치나 돼지고기 튀김을 안주 삼아 정종을 마시고 있었다. 웃고 떠들며 취해가는 사람들과 주방에서 끝없이 피어오르는 연기를 바라보며 5분쯤 지났을 때였다. 어디선가 흰 두건을 쓴 남자가 재바른 걸음으로 다가왔다. 훅 누린내가 끼쳐와 나도 모르게 고개를 틀었는데 그가 조심스럽게 말했다.

저를 따라오시면 됩니다.

두건을 따라간 곳은 번화가의 뒷길이었다. 이곳엔 아직 비어 있는 가게들이 많아 그런지 분위기가 음산했다. 셔터가 내려온 가게들이 즐비했고, 가로등 아래엔 담배꽁초들이 널려 있었다. 두건을 따라 어느 허름한 건물로 들어서자 스산한 기운이 느껴졌다. 가파른 시멘트 계단을 밟아 내려간 곳에 녹슨 철문이 나왔다. 두건이 문을 열자 뜻밖에 은밀하게 숨어 영업 중인 레스토랑의 화려한 실내가 드러났다. 절제된 멋이 느껴지는 공간이었다. 검은 자갈이 깔린 비좁은 통로 양편에는 창호지 문들이 이어지고 있었다. 창호지로 은은한 조명 불빛이 새나오고 있었다. 통로엔 꽃을 피운 난 화분이 드문드문 놓여 있었다. 두건은 어느 방문 앞에 멈추어 서더니 조심스레 문을 열어주며 고개를 숙였다.

다다미방으로 꾸며진 방 안엔 재가 앉아 있었다. 종이 등불 아래 재는 오늘도 정성껏 세공한 르네상스 시대의 조각품처럼 우아했다. 포마드를 발라 넘긴 머리는 검게 번들거렸고 초콜릿색 양복은 맞춤인 듯 재의 가느다랗지만 강단 있어 보이는 몸에 꼭 맞았다. 나는 재의 맞은편에 무릎을 꿇고 앉았다. 재가 두건을 향해 말했다.

늘 먹던 것으로 준비해주세요.

네, 곧 올리겠습니다.

두건은 허리를 직각으로 숙여 답한 뒤 뒷걸음질로 물러났다.

나뭇결이 그대로 드러나 있는 원목 탁상엔 이미 몇몇 그릇이 놓여 있었다. 흰 사기 그릇 위엔 깨끗이 손질된 부추가 탑처럼 쌓여 있었다. 흰 종지마다 향이 진한 소스가 담겨 있었다. 재는 김이 피어오르는 곡차를 마시더니 자상한 어투로 물었다.

찾아오느라 고생하셨습니다. 길이 조금 복잡했지요?

나는 짧게 답했다.

아닙니다.

재는 내 얼굴을 한번 살피더니 목소리를 깔고 나지막이 말했다.

몸보신을 좀 시켜드리려고 이리로 불렀습니다. 여기가 외진 데 있어 찾아올 때 번거롭긴 한데 말이죠. 요즘 바깥세상이 어떻습니까. 이젠 동물권까지 존중하라고 법석들이지 않습니까. 참 먹고살기 어려운 세상입니다.

재의 말을 정확히 이해할 순 없었으나 나는 일단 고개를 끄덕였다. 속에서 들끓는 불안감을 잠재우기 어려웠다. 재가 내게 무슨 말을 할지 짐작조차 할 수 없는 상황이었다. 나는 차를 마시고 있는 재를 곁눈질했다. 유리처럼 번들거리는 눈동자와 감미로운 음성 뒤에 그는 어떤 의중을 숨기고 있는 것일까. 도무지 가늠되지 않았다. 잠시 어색한 침묵이 흘렀다. 내가 손대지 않은 곡차는 식어갔고, 사람들이 떠들썩하게 웃는 소리가 벽을 타고 스며들었다. 다행스럽게도 얼마 지나지 않아 음식이 나왔다.

머리에 흰 두건을 쓴 종업원이 뜨거운 김이 오르고 있는 도자기 그릇을 재와 내 앞에 각각 내려놓았다. 기름을 걷어낸 맑은 국물엔 보얀 살코기가 담겨 있었다. 각자의 요리 옆엔 간장과 소금이 담긴 종지가 하나씩 더 놓였다. 군더더기 없는 깔끔한 상차림이었다. 재에게 어울리는 상차림이란 생각이 들었다. 두건이 물러나자 재가 운을 뗐다.

우선 먹고 이야기 나눕시다. 요즘 많이 지치신 거 같아서 먹기 전엔 이야기를 꺼내기가 곤란할 것 같습니다.

나는 재의 말에 돋아난 가시를 느꼈다. 재가 날 바라볼 때마다 나는 안절부절하지 못했다. 차를 다 마시고 나면 찻잔 바닥에 훤히 드러나는 잔여물처럼, 재가 내 밑바닥을 지그시 들여다보고 있는 것만 같았다. 내 안에 쌓여 있는 열패감과 두려움 따위의 찌꺼기들을. 재의 시선을 견디지 못하고 나는 변명하듯 말을 꺼냈다.

지난번 일은……

재가 내 말을 자르고 들어왔다.

아, 그거요. 괜찮습니다. 지난 일을 들춰봐야 얻을 게 무엇이겠습니까. 부질없는 말놀이지요. 이제 그만 식사부터 하시지요.

재는 고개 숙여 사기그릇에 담긴 국을 떠먹기 시작했다. 나는 뜸들이다 숟가락을 들었다. 이런 상황에도 입안에 뜨뜻한 국물이 들어오자 군침이 돌며 허기가 졌다. 오랜만에 먹어보는 제대로 된 음식이었다. 고기와 뼈를 깊게 우린 맛이 났다. 잡내를 확실하게 잡은 국물은 뒷맛까지 개운했다. 급기야 나는 사기그릇에 얼굴을 처박듯 하고 허겁지겁 흡입하듯 먹었나. 누터운 뼈에 달라붙어 있는 살점은 연하고 부드러웠다. 허기를 채우고 난 뒤에야 조금 눈치가 보였다. 나는 슬며시 숟가락을 내려놓았다. 그제야 재의 음식은 거의 그대로라는 것을 알아차렸다. 재는 민망해진 날 향해 만족스럽다는 듯 말했다.

젊을 땐 늘 허기가 지는 법이죠.

나는 재의 얼굴을 조심스럽게 바라봤다. 적어도 지금 이 순간만큼은 권위 있으면서도 다감한 아버지 같았다. 내가 기름진 입을 손등으로 문질러 닦고 말했다.

감사합니다.

재가 웃음기를 거둔 창백한 입술로 내게 말했다.

투견입니다.

네?

반문하자 재가 말을 이었다.

오늘 투견장에서 나온 개고기입니다. 그러니 가게가 이렇게 지하에서 숨어 장사를 하고 있는 거지요.

나는 그릇 안에 말끔히 발라 먹힌 뼈와 연골 따위를 보았다. '투견'이란 말에 위장이 뒤틀리며 욕지기가 올라왔다. 벽 너머에서 사람들의 웃음소리가 들려왔다. 재는 낮고 부드러운 목소리로 말했다.

투견이 어느 날부터 제 운명을 거부하듯 싸움을 게을리하면 어떻게 될까요?

입을 다물고 얼굴이 굳어 있는 내게 재가 어린아이를 가르치듯 천천히 말했다. 재에게 난 여전히 열세 살 아이 취급을 받고 있었다.

바로 이렇게 먹히고 마는 겁니다.

재는 서늘한 눈으로 날 바라보며 말했다.

애석하게도 상황이 좋지 않습니다. 이대로 가다간 영영 빚에서 해방될 수 없을 겁니다.

재는 나의 두려움을 잔인하게 건드렸다.

한번만 더 기회를 주시면 이번엔 실수하지 않겠습니다.

재가 잠시 나를 바라보았다. 재는 고민이 끝난 듯 단호한 손놀림으로 곁에 벗어두었던 외투를 끌어당겼다. 주머니에서 봉투를 꺼내 테이블 위로 내밀었다. 나는 조심스레 봉투를 집어 들어 내용물을 확인했다. 새로운 신분증이었다.

1989年 7月 23日 신동해(東海).

남자는 단정한 머리에 뿔테 안경을 쓰고 있었다. 선한 웃음을 짓고 있었다. 나는 신분증에서 눈을 떼고 재를 바라보았다. 재는 곡차로 입을 가실 뿐 잠시 침묵하고 있다가 타이르듯 말했다.

이제부터 좀 곤란한 일을 해줘야겠어요.

무슨 일일지 긴장되었지만 한편 안도감이 들었다. 내 손엔 이미 새로운 이름이 쥐어져 있었다. 재는 아직 나를 버리지 않은 것이다. 위험한 일이라면 보수도 높을 것 아닌가. 나는 답했다.

네. 실수하지 않겠습니다. 어떤 일인가요?

재는 짧게 답했다.

B구역에 다녀오셔야겠습니다.

순간 나도 모르게 재를 똑바로 바라보았다. 재의 눈동자는 흔들리지 않았다. 재의 얼굴엔 번복의 여지는 없다는 듯 냉소가 어려 있었다. 반문하는 내 목소리가 떨렸다.

지금 B구역이라고 말씀하셨습니까?

재가 두 번 말하게 하지 말라는 듯 고개만 끄덕였다.

나는 공포와 분노가 뒤섞인 격한 감정을 자제하느라 몸이 떨렸다. 뼈를 삼킨 듯 목구멍이 뻐근해졌다. 무슨 말을 해도 소용없다는 걸 나는 알고 있었다. 재는 계산을 끝내지 않은 말은 애초에 꺼내지 않을 사람이었다. 그럼에도 나는 마지막 실낱이라도 붙잡는 심정으로 말했다.

그곳에 가면 다시는 돌아오지 못할 수도 있습니다.

재가 입가를 냅킨으로 닦고는 차분하게 말했다.

세상 사람들이 뭐라 말하건 신경 쓰지 마세요. 생각해보면 그곳이야말로 우리에겐 최적의 장소가 아니겠습니까. 잘 알고 있겠지만 지난번 캐리어 사건으로 아주 난처해졌습니다. 게다가 시위 때문에 도로 곳곳에 경찰들이 깔려 있지요. 이 상황에 도시 한복판에서 캐리어를 끌고 가다니요. 안 될 일입니다. 아무래도 산 채로 데려가 그곳에서 처리하는 것이 옳습니다.

나는 마지막으로 떨리는 몸을 자제하며 물었다.

다른 곳은 정말 없겠습니까? 그곳은……

재는 내 말을 자르고 어려운 문제를 풀이해주듯 차분히 말했다.

세상이 예전 같지 않습니다. 하나시엔 이제 감시카메라가

설치되지 않은 곳이 없습니다. 그렇지만 B구역은 어떻습니까. 그곳은 경찰도 군인도 모두 철수했습니다. 이 세상이 버린 땅이란 말이죠. 나에게 그곳은 하늘이 내준 틈새라고밖엔 보이지 않습니다. 이젠 쓰레기가 된 사람들을 조용히 내버릴 수 있는 그런 틈새 말입니다.

재는 잠시 차를 한 모금 들이켜더니 말했다.

두려움을 이겨내야만 자유가 오는 겁니다. 지난 3년간 불황이었습니다. 돈을 빌려간 사람들이 맡기고 간 생명보험증이 쌓여 있습니다. 그들을 안전하고 신속하게 처리해야 할 때입니다. 시간이 얼마 없습니다.

나는 침묵하고 있었다. 재는 더 이상의 시간 낭비는 허용할 수 없다는 듯 외투를 챙겨 자리에서 일어났다. 그는 나를 스쳐 지나가다 말고 앉아 있는 내 등에 대고 서늘하게 말했다.

이제 더는 이름이 남아 있지 않습니다. 다음 실수는 용납할 수 없겠군요.

재는 문을 열고 나섰다. 그동안 얇은 창호지문 하나가 용케 막아서고 있던 바깥의 냄새와 소음이 흘러들었다. 고기 누린내와 건넛방 사람들이 불러대고 있는 철지난 유행가 소리였다. 나는 독한 술을 주문해서 연이어 삼켰다. 술기운이 올라 머릿속이 멍해져갈 무렵 내가 발라먹은 뼈들을 물끄러미 바라보았다.

투견이 싸우기를 게을리하면 결국 이리 먹히는 거지요.

재의 싸늘한 목소리가 귀 안에 고스란히 되살아났다. 그 말은 치명적인 가시 하나를 삼킨 것처럼 내 심장을 날카롭게 후벼왔다.

얼마쯤 시간이 흘렀을까. 나를 가게로 안내했던 두건이 방으로 찾아왔다. 영업을 종료할 시간이라고 했다. 나는 비틀대는 몸을 가누며 가게를 빠져나왔다. 미로 같은 골목을 한동안 헤매고 다녔다. 들어섰던 길에 또 들어서고, 보았던 간판을 또 보았다. 동일한 국수 가게를 세 번째 마주쳤을 때는 헛웃음이 비어져 나왔다. 그사이 가게들은 하나둘씩 문을 닫았다. 거칠게 셔터문을 내리는 소리와 취객들이 구토하는 소리가 들려왔다.

불빛이 꺼진 뒤의 골목길은 한없이 누추했다. 어딘가의 틈새에 숨어 있던 굶주린 고양이들이 기어나왔다. 그중에 다리 하나를 절거나 한쪽 눈동자가 비었거나 몸에서 진물이 흐르는 고양이들이 유독 눈에 띄었다. 상처가 많은 고양이일수록 몸을 낮게 웅크리고 경계하듯 날 주시했다. 팔을 휘저어도 뒤로 물러날 뿐 사라지진 않았다.

골목을 가까스로 벗어났을 때 도로는 휑했다. 도로를 가득 메웠던 차들과 사람들이 사라진 뒤였다. 방패를 든 전경들도, 검은 물결처럼 밀려들던 시위대도 증발해버렸다. 도로엔 시위대가 남긴 침묵만 무겁게 고여 있었다.

도로의 신호등 불빛만이 여전히 순차적으로 바뀌며 깜박이고 있었다. 나는 도로변을 비틀대며 걸었다. 저 멀리 높게 치솟은 T타워가 보였다. 어둠 속에서 빛나는 그 빌딩을 볼 때면 내가 아직 하나시에서 밀려나지 않았다는 안도감이 들었다.

자정이 훌쩍 넘은 시간이라 도로에 사람들이 없는데도 T타워의 전면에 띄워진 광고 영상은 홀로 돌아가고 있었다. 나는 어둠을 밝히는 광고 영상을 바라보며 걸었다. 영상 속엔 햇빛이 내리쬐는 초원이 펼쳐졌다. 남자아이 둘과 여자아이 하나가 천진하게 먼 데를 향해 달려가고 있었다. 하늘엔 구름이 흘러갔고 새들이 날아다녔다. 그곳은 여기와는 상관없이 언제나 밝고 따뜻했다. 아이들은 오래도록 자라지 않았다. 아마도 이 도시에 종말이 올 때까지도 아이들은 뜀박질을 멈추지 않고 웃음을 멈추지 않을 것만 같았다.

●

 한참을 걸어 내가 도착한 곳은 그러나 초원이 아니었다. 하나시에서 마지막 남은 달동네. 내가 나고 자란 곳이었다. 재의 사무실이 버티고 있는 곳이기도 했다. 강을 내려다보는 산비탈에 무허가 집들이 다닥다닥 달라붙어 있었다. 납작한 슬레이트 지붕들 위로 밤이 되어 서늘해진 바람이 스쳤다. 집들 사이로 난 길들이 손금처럼 뻗어나갔다. 그 길들은 다시 만나기도 했지만 거의 대부분 담벼락이나 벽에 가로막혀 끊어졌다.

 재개발을 앞두고 사람들은 모두 떠나갔다. 빈집들은 모래사장의 조개껍데기처럼 부서지고 있었다. 먼 데를 떠돌다 돌아올 때마다 점점 조용해지던 동네는 이제 모래 무덤 속처럼 고요했다. 사람들이 떠난 빈자리마다 바람과 어둠이 들어차고 있었다. 이제 사흘이 지나면 철거가 시작될 것이었다. 그런데도 나는 이곳에 돌아와 있었다.

 나는 비탈면을 오르기 시작했다. 어둠 속에서 양옆으로 늘어선 담벼락들이 나를 향해 좁혀오는 기분이었다. 구불대는 골목을 걷다가 가파른 층계를 만나면 묵묵히 올랐다. 10분쯤 오르자 삼거리가 나왔다. 산의 중턱, 그나마 경사가 완만한 이곳엔 가게들이 자리 잡고 있었다. 정면의 슈퍼마켓을 중심으로 양 갈래로 길이 나뉘었다. 나는 슈퍼마켓의 우측 길로 들어섰다. 지금은 비어 있는 과일상회와 수선집과 잡화점 앞을 지나갔다. 가게마다 유리 너머에 시커먼 어둠이 고여 있었다. 길을 따라 걷다 보니 지난날이 상기되었다. 이곳 삼거리엔 아이들이 뛰어다니고 참기름 짜는 냄새가 진동했었다. 평상에선 여자들이 모여 앉아 수다를 떨었다. 가게마다 내버린 구정물 때문에 길은 늘 젖어 있었다.

그러나 이제 모두 기억 속의 풍경일 뿐이었다. 지금은 어둠 속에 모든 가게들이 휑하니 비어 있었다. 길 끝에 이발소만이 불을 밝히고 있었다. 나는 그 앞으로 걸어가 이발수의 부연 유리 너머를 바라보았다. 이발사는 손님용 의자에 반듯하게 앉아 책을 보고 있었다. 그는 왜 아직도 떠나지 않고 있는 것일까. 나는 가게 안쪽 장식장에 놓여 있는 유리잔을 보았다. 그는 이곳에서 함께 일했던 아내가 죽고 난 뒤 언제나 그 자리에 물을 한 컵씩 떠놓고 있었다.

나는 재의 밑에서 일하게 된 뒤부터는 늦은 밤에만 이발소에 찾아왔다. 손님이 있으면 밖에서 손님이 갈 때까지 기다렸다 들어왔다. 이곳은 재의 용역들이 암암리에 이용하는 이발소였다. 그들은 새로 받은 신분증 사진 속 인물과 비슷해 보이고 싶어 했다. 그건 혹시 모를 검문이 두려워서라기보다는 일종의 자기 암시 같은 것이었다. 이제 새로운 사람이 되었다고 스스로에게 최면을 거는 것이다. 그로써 지난날의 과오들은 모두 지워지고 새로 시작하게 되었다고 믿는 것이다. 이곳에서 머리를 정돈하는 일은 일종의 신고식이자 통과의례였다.

재에게 처음으로 새로운 이름을 받았던 날이었다. 나는 낯선 누군가의 신분증을 들고 늦은 저녁 이곳에 찾아왔었다. 가게엔 아직 손님들이 남아 있었다. 나는 선뜻 가게로 들어가지 못하고 길목 끝자락에 숨어 있었다. 어릴 때부터 드나들던 이발소의 불빛은 그날따라 접근할 수 없는 성역처럼 환해 보였다. 나는 손님들이 다 떠나고 나서야 이발소 문을 열고 들어섰다. 그는 바닥에 떨어진 머리카락들을 빗자루로 쓸어 담으며 말했다.

내일 다시 오렴. 오늘은 영업이 끝났단다.

나는 쭈뼛대며 그에게 신분증을 내밀었다.

그러자 그는 잠시 멈칫하며 물끄러미 내 얼굴을 바라보았다. 그러더니 빗자루를 벽에 기대놓으며 말했었다.

알겠다. 자리에 가서 앉으렴.

그때 날 바라보던 이발사의 쓸쓸한 얼굴이 떠올랐다.

이발사는 이제 그때보다 나이가 많이 들어 있었다. 머리는 희게 세었고 눈가엔 부드러운 주름이 새겨져 있었다. 내가 문을 열고 들어서자 이발사는 보고 있던 책을 덮으며 차분하게 말했다.

어서 오세요.

나는 거울 앞 의자에 앉았다. 가죽 의자는 오랜 시간 손님들의 엉덩이에 쓸려 번들거렸다. 나는 거울에 비친 내 얼굴을 새삼스레 바라보았다. 강파른 얼굴은 볕에 그을려 까무잡잡했다. 눈매는 날카로웠고 새까만 눈동자엔 적개심이 어려 있었다. 코뼈는 부상으로 살짝 비틀렸고, 굳게 다문 입술은 핏기가 없었다. 이발사는 내 몸에 흰 가운을 둘렀다. 이발사가 내게 손을 내밀자 나는 자연스럽게 신분증을 건넸다. 거울에 비친 그는 목에 걸고 있던 돋보기안경을 쓰고 신분증 사진을 곰곰이 들여다보더니 말했다.

선해 보이는 얼굴이네요.

나는 염려된다는 듯 답했다.

머리 좀 손질한다고 이 얼굴이 그렇게 보이겠습니까?

이발사는 능숙한 손길로 내 머리에 분무기 물을 분사한 뒤 차분하게 답했다.

노력해봐야지요.

이발사의 가위 날이 내 머리 위에서 부딪쳤다 떨어질 때마다 흰 가운에 짧고 까만 머리카락들이 우수수 떨어졌다. 선뜩한 가위가 내 이마를 바짝 스쳐지나가는데도 몸이 나른해졌다. 술기운 때문이기도 하겠지만, 여기에 오면 이상하게 긴장감이 풀어졌다. 이곳에 배어 있는 염색약 냄새와 단조롭게 이어지는 가위질 소리 때문인 것 같았다. 한참 작업에 열중하던 이발사가 덤덤히 말했다.

너무나 조용하지요?

거울에 비친 그의 얼굴이 적적해 보였다. 나는 가위질 소리에 귀 기울이고 있다 물었다.

영감님은 이제 어디로 가십니까?

이 동네에 처음 들어왔을 때 내 나이가 서른셋이었는데 이제 예순을 훌쩍 넘겼습니다. 이곳에서 세월이 다 지났지요.

이발사는 그렇게만 답하고 다시 가위질을 시작했다. 거울에 비친 내 덥수룩했던 머리가 단정해지고 있었다. 이발사는 잠시 거울을 통해 내 머리를 점검하더니 다시 섬세하게 가위질을 하며 담담한 말투로 물었다.

손님은 어디로 가실 겁니까?

나도 담담하게 답했다.

B구역이요.

단조롭게 이어지던 이발사의 가위질 소리가 잠시 멎었다. 바람이 지나가며 엷은 유리문이 덜컹댔다. 이발사는 그때부터 작업을 마칠 때까지 침묵했다. 그는 마지막으로 내 얼굴에 묻은 머리칼을 스펀지로 털어냈다.

나는 거울 속 단정해진 나의 얼굴을 바라보며 자조 섞인 목소리로 물었다.

이제 제 얼굴도 선해 보입니까?

이발사가 거울 속의 내 얼굴을 가만히 바라보고 있다가 답했다.

원래도 악해 보이는 얼굴은 아니었습니다.

이발사가 거울 속에서 입가에 어색한 웃음을 지어보였다. 나는 자리에서 일어나 가운을 벗어 의자에 걸쳐두었다. 이발사가 신분증을 돌려주며 나지막이 말했다.

손님이 마지막이겠군요. 이제 나도 떠나야지요.

이발사가 내게 악수를 청하듯 손을 내밀었다. 나는 어색하게 그 손을 잡았다. 그가 내 손을 잠시 힘주어 잡으며 말했다.

살아남으세요.

나는 고개를 끄덕이고 돌아섰다. 이발소 문을 열고 걸어 나왔다. 길목과 이어지는 가파른 언덕을 오르다 멈추어 섰다. 돌아보니 이발소의 불은 꺼져 있었다. 방금 전의 시간이 꿈이었던 것처럼 느껴졌다. 불을 밝히고 있던 이발소도, 가위질 소리도, 그와 악수를 나누었던 것도 모두 현실이 아니었던 것 같았다. 다시 돌아가면 다른 가게들처럼 이발소도 비어 있을 것만 같았다.

●

나는 글자를 익히기 전 개 짖는 소리에 먼저 익숙해졌다. 아버지가 집에서 투견들을 길렀기 때문이었다. 현장에 나갔던 투견들은 피투성이가 되어 돌아오곤 했다. 그때마다 아버지는 죽은 개를 개장수에게 팔아넘기며 사료 값이라도 건져 다행이라고 중얼댔다. 그러던 어느 날이었다. 아버지는 흰 개를 끌고 와 뜬장에 가두곤 흥분이 채 가시지 않은 초조한 목소리로 말했다.

이놈 혈통이 보통 잔인한 게 아니더라.

나는 그 말을 믿기 어려웠다. 흰 개는 그동안 내가 보았던 다른 어떤 투견보다 덩치가 작고 목이 길었다. 털은 희고 눈빛은 잔잔했다. 그래서인지 나는 흰 개가 투견장에 싸우러 나간 날이면 다른 때보다 유독 마음이 쓰였다. 그러나 다른 개들보다 유독 약해 보이던 흰 개는 아버지의 기대를 저버리지 않고 번번이 살아 돌아왔다. 나는 하루해가 저물 무렵 아버지의 목줄에 매여 돌아오는 흰 개를 바라볼 때마다 안도의 숨을 내쉬었다. 아버지는 이기고 돌아온 흰 개를 뜬장에 가두며 호기롭게 말했었다.

실컷 피 냄새를 맡았으니 내일까진 굶길 거다. 아버지 없을 때 이놈한테 뭘 먹여선 안 된다. 사람이든 짐승이든 굶어야 더 악랄해지는 법이다.

그런 날에도 흰 개의 눈동자는 요동치는 법이 없었다. 한밤중에 아버지 몰래 뜬장 앞으로 찾아가면 흰 개는 잠들지 않고 꼿꼿이 앉아 있었다. 먼 데를 바라보고 있는 듯 고개를 한쪽으로 돌리고 있었다. 내가 뜬장 앞으로 다가가 그 앞을 얼쩡대도 도무지 나와 눈을 마주치는 법이 없었다.

흰 개가 수없이 싸움에서 돌아오며 겨울이 되었다. 눈이 많이 내리던 날 새벽이었다. 아버지는 깊이 잠들어 있는 나를 흔들어 깨우며 말했다.

오늘은 같이 갈 거다. 너도 꼭 봐둬라. 너는 죽은 에미를 닮아 너무 나약하지 않니.

나는 아버지를 따라 비탈길을 내려갔다. 집집마다 굴뚝에서 연탄 때는 연기가 솟아나고, 입에서 입김이 줄줄 새나오는 추운 새벽이었다. 경사면에 다닥다닥 붙어 있는 슬레이트 지붕들은 새벽하늘 아래 납빛으로 얼어붙어 있었다. 삼거리엔 아직 문을 연 가게가 없었다. 추위 속에 덜덜 떨고 있는 나와 달리 입에 재갈이 물린 흰 개는 늠름하게 서 있었다. 아버지가 지켜보고 있었기에 나는 흰 개에게 가까이 가지 않았다. 그렇지만 흰 개와 함께 어딘가를 간다는 게 내심 설레었다.

길 아래서부터 봉고차 한 대가 다가와 멈춰 섰다. 차에선 이중 턱의 남자가 내렸다. 그는 대뜸 아버지와 내 눈에 안대를 씌웠다. 앞이 컴컴해졌다. 누군가의 억센 손이 내 겨드랑이를 붙잡고 끌어올려 봉고에 태웠다. 봉고는 끝없이 어딘가로 내달렸다. 한참 만에 봉고는 산속에 들어섰는지 거친 엔진음과 함께 차체가 심하게 흔들리기 시작했다. 차바퀴에 깔리는 자갈 소리가 자박자박 울렸다. 봉고가 멈추자 차 문이 열리고 차가운 바람이 스며왔다. 갑자기 땀에 젖었던 몸이 식으며 아래턱이 덜덜 떨렸다. 누군가 또다시 내 겨드랑이에 함부로 손을 밀어넣더니 내 몸을 바짝 들어올려 땅바닥에 거칠게 내려놓았다. 오래도록 눈을 가리고 있던 안대를 풀자 눈앞이 시렸다.

빈 들판엔 순백의 눈이 수북이 깔려 있었다. 들판 깊은 곳에 허름한 비닐하우스가 가로놓여 있었다. 이중 턱의 사내가 앞서 걷고 그 뒤를 따라 아버지가 흰 개를 끌고 갔다. 나는 들판에 쌓인 눈에 새겨진 흰 개의 발자국을 따라갔다. 깊게 쌓인 눈에 발목이 푹푹 빠져들었다. 부옇게 흐려진 허공에선 미세한 눈발이 조금씩 흩날리고 있었다.

비닐하우스에 들어서자 후끈한 열기가 가득했다. 게다가 내부는 조명 때문에 온통 붉어 거대한 짐승의 뱃속에라도 갇힌 기분이었다. 한가운데엔 모래가 깔려 있고 둥글게 철망이 쳐져 있었다. 그 주변을 따라 전류가 흐르는 구정물이 고여 있었다. 개들이 관중석으로 난입하는 것을 방지하기 위함인 듯했다. 근처 테이블엔 사냥총도 놓여 있었다. 철망을 둥글게 에워싼 중년 사내들의 얼굴은 추위와 흥분으로 불콰했다. 그들은 아버지가 흰 개를 끌고 나타나자 환호성을 내질렀다.

흰 개가 철망 안 모래밭에 자리를 잡고 서자 반대편 문이 열리고 잿빛 투견이 나타났다. 기묘한 생김새였다. 얼굴에 겹겹이 잡힌 주름 속에서 노르스름한 눈이 잔혹하게 빛났다. 잔인하고 힘센 품종을 만들기 위해 이런저런 개들을 교배하다 보니 투견들은 외양이 기형적인 경우가 많았다. 사람들이 판돈을 걸 개를 선택하느라 눈알을 굴리는 소리가 들리는 것 같았다. 한동안 긴장감이 좌중을 훑고 지나갔다. 흰 개에게 판돈이 압도적으로 높게 걸렸다. 드디어 개들의 목에 걸려 있던 목줄이 풀렸다. 어느덧 내 뒤에 바짝 다가선 아버지가 내 어깨를 툭툭 치며 말했다.

잘 봐둬라.

그러나 그날 싸움은 예상했던 것과는 다른 방향으로 흘러갔다. 흰 개는 단 한 번도 잿빛 개를 공격하지 않았다. 잿빛 개가 사납게 목을 물고 늘어지는데도 흰 개는 저항조차 하지 않았다. 잿빛 개는 흰 개가 겁을 먹었다고 짐작했는지 점점 더 광기에 사로잡혔다. 각성한 듯 혈관이 튀어나오도록 눈알을 부라리며 으르렁댔다. 흰 개의 목을 타고 진한 핏물이 흘러내렸다. 잿빛 개는 여전히 분이 풀리지 않는다는 듯 흰 개의 목을 물고 바닥에 질질 끌고 다녔다. 모래밭에 흰 개의 핏물이 그린 궤적이 번져나갔다.

저게 미쳤나.

아버지가 초조하게 중얼대며 밭은 숨소리를 냈다.

나는 흰 개에게서 눈을 떼지 못했다. 특유의 잔잔하게 빛나던 눈동자는 허공 어딘가를 응시하고 있었다. 몸뚱이를 파고드는 고통을 묵묵히 견디고 있었다. 싸움은 싱겁게 끝났다. 흰 개에게 돈을 걸었던 사람들은 저 놈의 개를 나무에 매달고 불을 싸질러도 시원찮다고 악다구니를 썼다.

관중이 모조리 떠나가고 난 뒤에도 아버지는 넋이 나간 사람처럼 한 자리에 붙박여 서 있었다. 험상궂게 생긴 사람들이 현장을 정리하기 시작했다. 그들은 저희들끼리 거친 농담을 주고받으며 낄낄댔다. 나는 바닥에 피를 흘린 채 쓰러져 있는 흰 개의 가슴이 거칠게 오르락내리락하고 있는 것을 지켜보고 있었다. 아버지가 무서워서 아무것도 하지 못했다. 오줌이 마려워서 한 발로 다른 발을 짓누르고 있을 뿐이었다.

쓰잘데기 없는 놈.

아버지의 잇새에서 분에 찬 중얼거림이 새나왔다. 그 말이 꼭 나를 향해서인 것만 같아 나는 몸을 움츠렸다. 아버지는 단숨에 걸어가 테이블에 놓여 있던 장총을 주워 들었다. 아버지는 철망 문을 열어젖히고 들어가 쓰러져 있는 흰 개 앞으로 다가갔다. 총성이 울리고, 내 귀에서 날카로운 이명이 울렸다. 내 다리를 타고 뜨거운 오줌이 흘러내렸다. 흰 개의 가슴은 더 이상 움직이지 않았다. 현장을 정리하던 사람들이 아버지를 급습했다. 그들은 아버지를 쓰러뜨리고 아버지가 쥐고 있던 장총을 빼앗았다. 그들 중 한 사람이 장총의 개머리판으로 아버지의 머리통을 가격하며 뇌까렸다.

미친 새끼. 당장 꺼져. 다신 여기에 나타나지 마.

나는 그 길로 아버지와 현장에서 끌려나왔다. 나는 흰 개를 끝내 돌아보지 못했다.

●

 그때의 기억을 떠올리는 동안 나는 집 앞에 다다라 있었다. 내 집은 이제 집이라 할 수 없을 만큼 부서져 있었다. 대문을 밀고 들어서자 낫으로 벤 지 오래된 잡풀이 마당에 무성했다. 나는 집의 뒤편으로 돌아갔다. 집과 담벼락 사이 비좁은 공터엔 잡동사니들이 쌓여 있었다. 그것들을 타 넘고 구석으로 들어가자 그곳엔 아직 뜬장이 놓여 있었다.

 나는 녹슨 뜬장을 바라보며 그곳에 갇혀 있던 흰 개를 떠올렸다. 나는 아버지가 깊이 잠들기를 기다렸다가 흰 개를 보러 왔었다. 눈조차 마주치지 않던 흰 개가 어느 날 고개를 돌려 처음으로 날 바라보았다. 다른 개를 물어 죽인다는 사실이 믿기지 않을 만큼 선한 눈빛이었다. 어느 날 나는 뜬장 안으로 손을 넣어 흰 개의 몸뚱이를 조심스럽게 만져보았다. 흰 개는 사람의 손길이 어색한 것 같았다. 몸이 뻣뻣하게 굳어 있었다. 그러던 어느 날이었다. 흰 개는 내 손등에 이마를 가져다 댔다. 그 순간 이상하게도 내 가슴 한 켠에 싸르르한 슬픔이 지나갔다.

 아버지가 집을 오래도록 비웠던 날, 나는 마침내 흰 개가 갇혀 있는 뜬장의 잠금장치를 풀어주었다. 흰 개는 한동안 열린 문 틈새를 바라볼 뿐 밖으로 나올 엄두를 내지 못했다. 그렇지만 내가 한 발 물러나자 조심스럽게 뜬장 밖으로 걸어 나왔다. 흰 개는 마당에 피어 있는 풀꽃 냄새를 맡고, 햇볕을 쬐었다. 그러다가 가만히 앉아 바람을 맞았다. 눈을 감고 있는 흰 개의 이마털이 바람에 흩어지고 있었다. 나는 흰 개의 목덜미를 쓸어내렸다. 손끝에 생생하게 뛰고 있는 뜨거운 맥박이 느껴졌다.

아버지는 말했었다. 투견은 사람 손을 타면 안 되는 거라고. 징을 배우면 끝장이라고. 언제나 뜬장에 갇혀 굶주림과 포만감을 오가야 한다고. 피비린내 나는 생고기를 물이뜯으며 살의와 적의만을 키워야 한다고. 그래서 아버지는 투견들에겐 이름조차 붙이지 않았다. 투견들은 그냥 검은 개나 흰 개로 불렸다.

그러므로 그날 흰 개는 나 때문에 죽은 것이었다. 나는 흰 개의 눈을 바라보지 말았어야 했다. 목덜미를 쓸어내리지 말았어야 했다. 흰 개의 가슴팍에 귀를 가져다 대고 맥박이 뛰는 소리를 듣지 말았어야 했다.

●

　방문을 열고 들어가자 곰팡내가 풍겼다. 집에 돌아온 건 오랜만이었다. 열린 창문 틈새로 스며든 넝쿨이 벽을 타고 뻗어 올라가고 있었다. 전기도 물도 끊어진 뒤엔 이 방에 찾아오지 않았었다. 그렇지만 오늘은 챙겨갈 것이 있었다. 나는 낡아서 뻑뻑해진 책상 서랍을 열고 구석에 손을 밀어넣었다. 묵직하고 서늘한 무언가가 손에 잡혔다. 폴딩나이프였다. 오래전에 사용했던 것이었다. 최근엔 피를 튀기지 않고 증거를 남기지 않는 교묘한 방법들을 사용했다. 그렇지만 B구역으로 떠나야 하는 지금 내가 본능적으로 의지할 수 있는 건 이것뿐이었다. 피부에 스치기만 해도 심장을 멎게 하는 독약도, 단 5분도 되지 않아 사람을 질식시키고 깔끔하게 공기 중에 녹아버리는 독가스도 아니었다.

　오래전 재는 폴딩나이프의 사용법을 내게 알려주며 말했었다.

　자, 이렇게 손목의 스냅을 이용해서 부드럽게 펼치면 됩니다. 처음엔 익숙하지 않아 손을 벨 수 있으니 장갑을 착용하고 연습하도록 하세요.

　재는 내가 칼을 어줍잖게 쥐는 걸 지켜보다가 단호하게 말했었다.

 기억하세요. 위험한 순간에 직면하면 언제나 먼저 찌르는 겁니다. 결코 상대의 눈을 보지 말고 단숨에 찔러야 합니다.

 나는 오랜만에 칼을 손에 쥐어보았다. 묵직한 티타늄의 무게가 손목에 실렸다. 칼을 휘두르자 찰칵 하는 소리와 함께 웅크리고 있던 칼날이 드러났다. 그런다고 두려움이 가시진 않았다.

 B구역은 수년 전 화학공장들이 화재로 폭발한 이후 폐쇄된 재난 구역이었다. 그곳에서 온갖 독성물질에 김엄된 사람들이 식인귀가 되었다고 했다. 그들은 두피부터 얼굴과 온몸에 수포가 돋아 있고 피부에선 고름이 흘러 역한 냄새를 풍긴다고 했다. 송장과 다름없는 몸인데도 목숨이 붙어 있는 그들은 인육을 먹는다는 소문이 있었다. 게다가 기이할 정도로 힘이 세서 그들의 눈에 띈 이상 그 누구도 살아남을 수 없다는 거였다.

 나는 몇 시간이라도 눈을 붙이기 위해 바닥에 누웠다. 바닥에 흐르는 냉기가 몸을 뚫고 스며들어왔다. 잠은 외려 달아나고 의식만 또렷해졌다. 몸을 뒤척이던 나는 그만 자리에서 일어나 B구역에 대해 검색해보았다. 마지막으로 실낱같은 무언가라도 잡고 싶은 마음에서였다. B구역에 대한 대부분의 사이트들은 이미 강제 요청에 의해 삭제된 뒤였다. 겨우 찾아낸 몇몇 자료들도 근거 없는 추측에 지나지 않았다. 오랜 검색 끝에 그나마 사실적으로 보이는 영상을 하나 찾을 수 있었다.

어둠이 내린 산을 누군가 멀리서 촬영한 것이었다. 화면은 수시로 흔들렸고 컴컴했다. 저 멀리 어둠 속에서 윤곽으로만 드러난 나무들 사이로 무언가 움직이는 것이 보였다. 화면이 서서히 확대되며, 나무 사이에 웅크리고 있는 사람들의 형체가 흐릿하게 잡혔다. 그들은 무언가를 정신없이 뜯어 먹고 있었다. 어느 순간 그들 중 하나가 촬영하는 것을 눈치챈 듯 움직임을 멈추더니 고개를 들었다. 사람들의 다급한 목소리가 녹음되어 있었다.

제기랄. 봤어. 우릴 봤어. 얼른 꺼.

화면은 끊어졌지만 내 머릿속에선 그들에 대한 상상이 멈추지 않았다. 고름이 흐르는 손들이 사람의 살점을 잡아 뜯고 있었다. 뼈에 달라붙은 살점까지도 악랄하고 게걸스럽게 발라 먹으며 쩝쩝대는 소리가 귓가에 바짝 들려오는 것만 같았다. 그들이 슷슷, 소리를 내며 입을 벌릴 때마다 드러난 잇몸까지도 검붉은 핏물에 물들어 있었다. 그들의 입가엔 인육의 기름기가 묻어 어둠 속에서도 번들댔다. 그들 중 하나가 갑자기 움직임을 멈추고 나를 돌아보았다. 이상하게 날 원망하는 듯 보이는 그 눈동자엔 검붉은 핏발이 서 있었다.

나는 헉 소리를 내며 눈을 떴다. 온몸이 식은땀으로 젖어 있었다. 날 원망하듯 바라보았던 그 눈동자가 생생하게 떠올랐다. 창밖엔 날이 밝아오고 있었다. 휴대폰을 확인하자 재로부터 문자가 와 있었다. 오늘 처리해야 하는 사람의 거주지와 B구역의 지형도였다.

지도에 따르면 B구역은 하천을 중심으로 크게 상단부와 하단부로 나뉘어 있었다. 상단부는 공장지대였고 하단부는 주거지였다. 물론 지금은 모두 폐허가 되어버린 시역일 뿐이었다. 공장지대를 에워싸고 북동쪽에 산이 있는데 바로 그 산속의 절벽 위에서 표적을 처리해야 한다고 적혀 있었다. 재는 내가 이번에도 실수를 할까봐 우려되었는지 반드시 그곳이어야만 하는 사유까지 간략하게 덧붙여두었다. 매주 한 번씩 근방의 군부대에서 형식적으로 B구역을 순찰한다고 했다. 그런데 그들은 매번 그 절벽 앞에서 순찰을 멈추고 돌아선다는 것이었다. 약도상 절벽은 등산로의 초입에서 그리 깊지 않은 곳에 위치했다. 그 너머는 순찰하지 않는 특별한 이유가 있는 것일까. 그러나 나는 더 이상의 고민을 멈추고 책상 위에 반듯하게 놓여 있는 폴딩나이프를 챙겼다. 오래도록 이 일을 하며 깨달은 것이지만 나를 위험에서 구해주는 것은 언제나 생각이 아니라 행동이었다. 그리고 재가 지정한 규칙들을 엄수하는 것. 나는 B구역에서 어떻게든 살아 돌아와야 했다.

●

집을 나서자 하늘이 흐릿했다. 곧 비가 내릴 것처럼 바람이 습했다. 지붕들이 새벽빛을 둔탁하게 반사하고 있었다. 나는 경사면을 밟아 내려갔다. 담벼락에 붙어 있는 전단지들의 끝자락이 바람에 팔랑였다. 실종자를 찾는 전단지도 섞여 있었다. 어느 날 갑자기 증발하듯 사라져버렸을 사람들의 얼굴은 하나같이 무표정했다. 그 아래엔 50만 원부터 200만 원까지 다양한 보상금이 적혀 있었다. 문이 함부로 열려 있는 빈집들의 마당엔 잡풀이 무성했다. 잡풀 속에서 조각난 거울이나 유리의 파편들이 햇빛을 희미하게 되쏘고 있었다.

나는 발치를 확인하며 아래로 이어지는 가파른 층계를 내려가기 시작했다. 그런데 멀리서 날카로운 하이힐 굽 소리가 들려왔다. 고개를 들자 이쪽을 향해 층계를 올라오고 있는 여자가 내려다보였다. 여자는 윤기가 흐르는 검정색 바바리 재킷 속에 짙은 보라색 원피스를 입고 있었다. 검정 하이힐의 앞

코가 숫돌에 간 것처럼 날카로워 보였다. 폐허가 된 마을과는 어울리지 않는 화려한 옷차림이었다. 그래서인지 비현실적으로 느껴지는 여자가 내 시선을 감지했는지 걸음을 멈추었다. 여자도 고개를 들어올려 날 쳐다보았다. 까만 단발머리에 감추어져 있던 창백한 얼굴이 드러났다. 칠흑 같은 눈동자와 날선 콧날, 그리고 얇은 입술 언저리에 미세한 전류 같은 예민함이 감돌고 있었다.

어딘가 낯이 익었지만 나는 여자의 시선을 외면했다. 그동안 내가 쫓아다닌 표적의 얼굴만 무수했다. 그 얼굴들 가운데 여자와 닮은 얼굴 하나쯤은 있었을 것이다. 대수롭지 않게 여기며 여자를 비껴 지나가던 찰나였다. 갑자기 여자가 스스럼없이 내 팔을 붙잡더니 말했다.

별로 변한 게 없네.

여자의 눈빛엔 반가운 기색이 비쳤다. 내가 인상을 찌푸리며 그 손을 뿌리치자 여자가 미소를 지으며 말했다.

못 알아보는구나. 나 서유리야. 네가 오래전에 미행했던.

그 이름을 듣자 잊고 있던 기억이 떠올랐다.

마지막으로 내 눈앞에 서 있던 서유리는 차갑고 냉혈한 표정을 짓고 있었다. 무슨 일이 있어도 다신 보지 말자고 말하고 있었다. 그때의 기억에 사로잡혀 있던 날 흔들어 깨우듯 서유리가 말했다.

10년도 더 되었지.

내가 날 선 목소리로 물었다.

날 어떻게 찾아온 겁니까?

서유리는 질문에는 답하지 않고 냉랭해진 목소리로 말했다.

제안할 게 있어.

나는 단호하게 돌아섰다. 지금은 내게 닥친 일을 해결하는 것만으로도 벅찼다. 그런데 등 뒤에서 서유리의 날카로운 목소리가 날 붙잡았다.

빚을 다 갚으면 자유로워질 거란 재의 말을 아직도 믿어?

나는 걸음을 멈추고 돌아섰다. 서유리는 무언가를 알고 있는 것처럼 묘하게 웃더니 수수께끼를 내듯 질문했다.

재가 왜 아직도 여기에 남아 있을까? 그건 이틀 뒤 이 마을이 철거되어 완전히 무너지는 걸 지켜보기 위해서야. 재는 그 날을 오래 기다려왔거든. 자신의 역사를 새롭게 고쳐 쓰기 시작할 날이니까.

서유리는 서늘한 눈빛으로 모든 걸 꿰뚫고 있다는 듯 계속 말을 이었다.

재는 새로운 성을 짓기 전에 이전의 모든 것들을 지워버릴 거야. 새로운 역사를 쓰려면 자신의 더러운 과거를 아무도 기억해선 안 되니까. 그러니까 이제 시간이 얼마 남지 않은 거지. 살 수 있는 기회를 얻고 싶다면 오늘 저녁 7시. T타워 124층으로 와.

그런데 왜 내게 이런 걸 알려주는 거죠?

서유리가 날 바라보며 말했다.

너에게 갚을 빚이 있는 거 같아서.

무슨 일이 생겨도 다신 서로에게 나타나지 않기로 하지 않았었나요.

내가 그렇게 말하자 서유리는 이번에도 의뭉스런 웃음을 지었다.

난 층계를 마저 내려가기 시작했다. 이 모든 게 갑작스럽고 현실 같지 않았다. 갑자기 나타난 서유리는 공포에 짓눌린 내 마음이 불러낸 허상 같은 것이 아닐까. 그러나 그녀가 했던 말들이 생생하게 귓전에 울리는 듯했다. 네가 빚을 다 갚으면 자유로워질 거란 재의 말을 아직도 믿어?

정신없이 걷다 보니 어느덧 비탈길을 다 내려와 강가에 다다랐다. 나는 새삼스럽게 마을을 돌아보았다. 도시에서 집을 잃고 떠밀린 사람들이 산비탈에 하나둘씩 지어올린 집들은 끈질긴 넝쿨 같았다. 눈에 띄지 않게 납작하게 엎드려 생명력을 연장하는 넝쿨들이 그러하듯 집들은 산마루를 타고 끈질기게 달라붙어 있었다. 그러나 이제 전부 말라붙어 부서지기 직전이었다. 그 넝쿨의 끝자락에 재의 사무실이 있었다. 낡고 녹슨 나선형 계단이 거대한 구렁이처럼 건물 내부를 휘감아 올라가고 있는 그곳. 어쩐지 재가 그 나선형 계단의 가장 위를 디디고 서서 지금의 날 내려다보고 있을 것만 같았다. 내 손에 쥐고 있는 종이에 비뚤배뚤 새겨진 선(線)들을 의심의 눈초리로 세어보고 있는 것만 같은 기분이 들었다.

허공

 고속철에서 내린 뒤 마을버스로 갈아탔다. 노선도를 확인해 보니 목적지는 종점과 가까운 곳이었다. 나는 빈 좌석에 앉아 창밖을 내다보았다. 하나시의 외곽으로 갈수록 마을 풍경은 후락해졌다. 도로변의 건물들은 낡았고 오가는 행인들의 연령대도 높았다. 대로변을 달리던 마을버스는 복잡한 구시가지의 길목으로 접어들었다. 길과 면한 곳엔 연립주택과 상가건물이 띄엄띄엄 이어지고 있었다.

 버스가 정차할 때마다 허름한 차림의 노인들이 버스에서 하나둘씩 하차했다. 버스는 목적지에 다 와가며 구불대는 경사면을 오르기 시작했다. 운전석 너머 유리로 언덕 위에 비죽이 솟아 있는 낮은 아파트 건물이 보이기 시작했다. 오늘의 표적이 살고 있는 곳이었다.

버스에서 내리자마자 정면으로 보이는 아파트 단지는 야산이 둘러싸고 있었다. 5층짜리 건물 다섯 채가 띄엄띄엄 서 있는 이곳은 아파트 단지라고 부르기에도 협소했다. 나는 비어 있는 경비실을 지나 아파트 단지 안으로 들어섰다. '마'동 앞으로 가자 주차장에 낡은 차들이 몇 대 서 있었다. 주차장과 면해 있는 야산엔 철책이 둘러져 있었다. 철책을 뚫고 나오려는 듯 거대한 나무들이 바람에 뒤척이고 있었다.

나는 '마'동의 가운데 출입구로 들어섰다. 출입구 안쪽 벽면엔 납작한 사각거울이 붙어 있었다. 아이들의 손이 닿는 거울의 아랫면엔 스티커들이 붙어 있었다. 나는 층계를 올라 401호 앞에 섰다. 현관문 아래엔 전단지들이 쌓여 있었다. 문을 두드려보았지만 아무런 기척도 느껴지지 않았다. 초인종을 눌러도 마찬가지였다. 현관 비밀번호 버튼을 누르고 들어가려던 참이었다. 문 너머에서 노인의 어눌한 목소리가 흘러나왔다.

영민이니?

나는 멈칫했다. 영민이라면 노인의 아들이었다. 바로 노인의 생명보험증에 서명하고 돈을 빌려간 자인 것이다. 그런데도 노인은 다정한 목소리로 그 영민을 찾고 있었다. 나는 어색한 말투로 답했다.

영민 씨의 회사 동료입니다.

아무리 치매 환자라지만 내 거짓말을 쉽게 믿을까. 그러나 기우와는 달리 문은 쉽게 열렸다. 74세 김 노인은 불기에 몸의 테두리가 안으로 오므려진 사람처럼 보였다. 바리캉으로 함부로 밀어버린 듯 두피는 훤히 드러났고, 깡마른 체구에 메리야스 나시와 헐렁한 반바지를 입고 있었다. 두 다리는 무릎뼈가 툭 튀어나올 만큼 말라 있었다. 수시로 어딘가에 부딪쳤는지 팔과 다리에 온통 푸른 멍이 들어 있었다. 노인은 내 얼굴을 기억하려 애쓰는 듯 날 빤히 바라보았다. 나는 고개를 돌려 자연스럽게 그 눈길을 피했다. 노인은 느리게 말했다.

아줌마가 밥 해줄게. 배고프지?

나는 우선 상황을 모면하려고 고개를 끄덕였다. 집은 현관을 중심으로 왼편에 작은 응접실이 있고, 맞은편엔 화장실이 있었다. 노인은 오른쪽으로 꺾어진 주방으로 들어간 뒤 보이지 않았다. 노인이 수돗물을 틀고 석석 쌀을 씻는 소리가 들려왔다. 나는 잠시 손님처럼 신발을 벗고 들어가 응접실을 어슬렁댔다. 서둘러 나가야 하는데 이상하게도 발길이 묶였다. 노인의 집엔 다른 데선 느끼지 못했던 온기가 배어 있었다. 평범한 사람들이 가정을 이루고 일상을 보내던 어수선함과 체온이 깊숙이 남아 있는 집이었다. 베란다로 스며든 햇빛이 응접실

바닥 한편을 밝히고 있었다. 그 빛으로부터 비켜난 곳에 꽃무늬 천을 씌운 소파가 있었다. 그리고 그 곁의 협탁엔 액자들이 놓여 있었다. 나는 협탁으로 다가가 허리를 굽히고 사진들을 보았다.

오래되어 보이는 사진 속에서 젊은 부부가 한 남자아이를 사이에 두고 웃고 있었다. 남자아이는 햇빛에 눈을 찡그린 채였다. 시간이 흘러 다른 사진 속에서 남자아이는 이제 새로운 가정을 꾸린 아버지가 되어 있었다. 나는 그가 짓고 있는 인자한 미소를 바라보았다. 그 어디에도 제 부모를 담보로 사채를 쓸 만큼의 악독함은 보이지 않았다. 그렇다면 남자를 이 지경으로 내몬 건 무엇이었을까.

치매는 시간이 거꾸로 흐른다고 했다. 노인의 시간은 지금 어디쯤으로 거슬러 가 있는 것일까. 노인은 불행했던 근래의 기억은 잊고 인생에서 가장 행복했던 시간으로 돌아가 있는지도 몰랐다. 그러니까 사진 속 영민이란 남자가 아직 사업을 시작하지 않았고, 부도를 맞지 않았고, 치매 말기 모친의 생명보험을 담보로 불법 사채를 쓰기 이전으로 노인은 돌아가 있는 것이다. 노인의 시간 속에서 영민은 아직 학교에 다니고 친구를 집에 데려와 놀고 일기장엔 미래에 대한 꿈을 적고 잠드는 어린아이인 것이다. 노인은 이 집에 남아 과거로 흐르는 시간

속에서 눈을 감았으면 좋았을 것이다. 그러나 노인은 이제 그 꿈에서 깨어나 나와 함께 B구역으로 향해야 했다.

나는 이제 그만 노인을 데려가기 위해 부엌으로 향했다. 부엌은 엉망이 되어 있었다. 부엌 바닥엔 감자와 오이 껍질이 널려 있었다. 하숫구멍이 막혔는지 개수대에 물이 차올라 쓰레기들이 동동 떠다녔다. 노인은 싱크대 앞에서 칼질에 여념이 없었다. 그러나 노인이 정성껏 손질하고 있는 감자의 단면에는 곰팡이가 검게 슬어 있었다. 나는 노인에게 다가가 나지막이 말했다.

영민 씨가 어머님을 모시고 오라고 부탁했습니다.

노인은 칼질을 멈추고 날 돌아보더니 불쑥 말했다.

영민이가 양천에서 날 기다리고 있다고?

양천이 어딘지는 모르겠지만 나는 천천히 고개를 끄덕였다. 노인은 칼을 내려놓더니 초조해진 얼굴로 허둥댔다. 나는 노인에게 짧게 말했다.

그럼 양천에 갈 준비를 하고 나오세요.

노인은 고개를 끄덕이며 부엌과 바로 이어지는 침실 문을 열고 들어갔다. 나는 닫힌 방문 앞에서 빈손을 말아 쥐며 입술을 지그시 깨물었다. 맨 정신으로 가기에도 벅찬 B구역을 저렇듯 온전치 못한 노인까지 달고 가야 한다니. 벌써부터 눈앞이 아득했다. 노인은 한참을 기다려도 방에서 나오지 않았다. 나는 갑갑한 마음에 침실 문을 열어보았다. 방 안은 정신없이 어질러져 있었다. 서랍이 전부 열려 있고 바닥에 옷들이 널브러져 있었다. 노인은 아연한 얼굴로 바닥에 앉아 있었다. 나는 방 안으로 들어가 적당해 보이는 옷을 골라 노인에게 내밀며 말했다.

입고 나오세요. 이제 곧 양천으로 가는 차가 떠납니다. 서두르세요.

나는 노인이 떨리는 손으로 애써 옷을 걸치는 모습을 지켜보다 돌아섰다. 살아 움직이는 사람을 처리하는 일은 지나치게 번거롭다는 사실을 다시금 느꼈다. 나는 치밀어오르는 짜증을 삭이며 현관에서 신발장 문을 열고 노인이 신고 갈 적당한 신을 골랐다. 신들은 하나같이 낡아 있었다. 노인이 젊은 시절에나 신었을 법한 검은 하이힐들이 눈에 띄었다. 신발장 맨 아래 칸엔 죽은 영감의 것이었을 신사용 구두와 운동화들이 가지런히 정돈되어 있었다. 나는 신발장 안을 훑다가 그나마 적당해 보이는 것을 골라 바닥에 내려놓았다. 갈색 랜드로버였다. 그제야 노인이 침실에서 느리게 걸어 나왔다.

이제 그만 출발해야 합니다.

노인은 걸어오다 말고 아차, 하는 얼굴로 돌아섰다. 내 정신

좀 봐. 노인은 혼잣말을 하며 응접실을 가로질렀다. 나는 초조해졌지만 참았다. 여기서부터 노인을 기절시켜 데려가는 편이 나을 것 같았다. 그렇지만 재는 캐리어 사건 이후 도시의 감시망이 촘촘해져서 산 채로 데려가야 한다고 했다. 모든 게 내 탓인 것이다. 노인은 베란다로 나가 물조리개를 들어올리더니 화초마다 물을 주기 시작했다. 노래까지 흥얼거렸다. 나는 노인이 치르는 마지막 의례를 지켜보았다. 정신이 온전치 않은 노인을 살아남게 한 것은 다름 아닌 저렇게 몸에 밴 습관들이었을 것이다. 기억이 허물어지고 난 뒤에도 노인은 수십 년간 반복했던 소소한 습관들로 삶을 버티고 있던 것이다. 노인은 물을 다 주었는지 마지막으로 몸을 숙여 화초들에게 무어라 속삭였다. 아마도 돌아올 때까지 잘 살아 있으라고 인사하는 것 같았다. 노인은 이제 미련 없는 얼굴로 내가 준비해둔 랜드로버화를 신고 날 바라보며 말했다.

영민아, 이제 양천에 가자.

•

고속버스를 타고 나진읍까지 내려오는 동안 노인은 깊게 잠들었다. 사람들은 우리를 고향에 내려가는 모자쯤으로 여길 것이다. 순조로웠다. 그렇지만 목적지에 가까워질수록 긴장되었다. 간밤의 꿈속에서 나를 원망하듯 노려보고 있던 식인귀의 눈빛이 생생하게 떠올랐다. 어쩐지 예지몽 같단 느낌이 들었다. 나는 불안감을 잠재우려고 주머니 속에 손을 넣어 폴딩 나이프를 쥐어보았다. 티타늄의 서늘한 감촉도 내 손의 열기를 식혀주진 못했다.

고속버스는 하나시에서 출발한 지 두 시간 만에 나진읍의 시외버스 터미널에 도착했다. 창밖으로 단층짜리 단출한 터미널 건물이 보였다. 버스가 건물 뒤편 주차장으로 들어서자, 담벼락 앞에서 기사들이 모여 담배를 피우고 있었다. B구역으로 갈 수 있는 교통편은 폐쇄되고 없었다. 여기서부터는 대포차로 움직여야 했다. 나는 노인의 어깨를 흔들어 깨우며 말했다.

다 왔습니다.

그러자 노인은 힘겹게 눈을 뜨고 주위를 두리번댔다. 노인은 지친 목소리로 중얼댔다.

배고프네.

노인이 썰고 있던 감자엔 곰팡이가 슬어 있었다. 노인이 마지막 식사를 한 건 언제였을까. 나는 노인을 달래듯 말했다.

여기서 뭘 좀 먹고 가죠.

노인을 데리고 시외버스 터미널 안으로 들어갔다. 긴 대기용 나무 의자들은 거의 비어 있었다. 매표창구도 한적했다. 가게들은 대부분 폐업한 지 오래된 것으로 보였다. 해장국 가게는 셔터가 내려가 있었고 카페였던 가게의 유리문엔 '임대 구함'이라고 적힌 종이가 누렇게 변색된 채 붙어 있었다. 출입구 쪽에 작은 분식집만이 영업 중이었다. 중년 여자 혼자서 부지런히 김밥을 말고 있었다. 어묵 통에선 김이 피어오르고 있었다. 도로 쪽의 긴 테이블 앞엔 버스기사들로 보이는 남자들이 자리를 잡고 있었다 그들은 각자 종이컵에 어묵 국물을 따라 마시며 누군가를 비난하기에 여념이 없어 보였다. 내가 노인과 분식집 앞으로 다가가자 그들이 잠시 대화를 끊고 흘끗 이쪽을 건너다보았다. 나는 그들을 무시하고 터미널 안쪽에 가로놓인 테이블에 노인과 나란히 자리를 잡고 앉았다. 그들은 다시 소란스러운 대화를 이어갔다. 나는 주방에 대고 짧게 말했다.

우동 두 그릇이요.

선불이에요.

여자는 김밥을 말며 무뚝뚝하게 말했다. 내가 지폐를 내밀자 여자는 비닐장갑을 벗더니 능숙하게 돈을 받고 거스름돈을 내주었다.

여자가 우동 면발이 담긴 그릇에 육수를 붓고 다진 파를 한 수저 담는 모습을 지켜보았다. 곧이어 나와 노인 앞에 거칠게 우동이 한 그릇씩 놓였다. 김이 피어오르는 국물을 보자 식욕이 돌았다. 어쩌면 노인뿐 아니라 내게도 마지막 식사일지 모른다는 생각은 물리쳤다. 내가 처리해야 하는 표적과의 식사라는 사실도 잊기로 했다. 나는 오직 살고자 하는 본능만 남은 사람처럼 고개를 숙이고 우동을 먹기 시작했다. 그런데 잠시 뒤에 바깥쪽에 앉아 있던 남자들 가운데 하나가 기어이 참견을 해왔다. 푸른 작업복을 입고 있는 남자였다.

어머니도 좀 챙겨야지……

나는 그릇을 내려놓고 옆을 보았다. 배가 고프다던 노인은 막상 그릇을 앞에 둔 채 멍하니 어딘가를 응시하고 있었다. 그 얼굴은 배고픔도 잊은 것처럼 보였다. 나는 어색한 손짓으로 우동 면발을 건져올려 노인의 입 앞에 가져다주었다. 노인은 어린아이가 된 것처럼 입을 벌려 면발을 받아먹었다.

터미널 입구엔 예정대로 작업용 대포 차량이 준비되어 있었다. 한눈에도 폐차 직전의 구형 아반떼였다. 진즉에 도시에서부터 대포차로 이동했으면 모든 게 지금보다 편했을 것이다. 그렇지만 재는 언제나 나보다 많은 것들을 보고 있었다.

그가 내린 판단대로 움직이는 편이 안전할 것이었다. 나는 노인을 먼저 조수석에 앉히고 운전석에 앉았다. 차를 출발시키자 처음 와본 낯선 지역의 풍경이 차창 밖으로 미끄러져 나가기 시작했다. 많은 가게들이 폐업 상태였다. 터미널의 가게들만 문을 닫은 게 아니었다. 이 지역 전체가 마비된 듯 보였다. 거리를 지나다니는 사람들은 하나같이 깊은 나른함과 무력감에 짓눌려 있는 것 같았다. 그나마 우체국과 마을 은행이 있는 사거리가 조금 활기를 띠고 있었다. 한때 번성한 공업도시였던 B구역의 몰락이 여기까지 여파를 미친 것 같았다.

어느덧 차는 마을의 경계를 벗어났다. 국도 양편으로 한동안 버려진 밭들이 이어졌다. 수확하지 않은 농작물들이 그 자리에서 말라붙어 있었다. 오래 달려도 길에는 사람이 보이지 않았다. 그래서인지 도로에 드리워진 가로수들의 그림자가 어느 때보다도 선명하게 두드러져 보였다. 잠시 뒤 버려진 도시의 윤곽이 흐릿하게 드러났다. 5년 전 화재로 폐쇄된 도시였다. 핸들을 쥐고 있는 내 손에 힘이 들어갔다. 나는 도망치고 싶은 충동을 억누르려 외려 가속페달을 밟았다.

●

 B구역의 경계에 서 있는 검문소의 유리엔 부옇게 먼지가 내려앉아 있었다. 이곳은 재의 말대로 군인도 경찰도 철수한 지대인 것 같았다. 도시의 경계엔 바리케이드 하나가 무력하게 가로놓여 있을 뿐이었다. 나는 바리케이드에 내걸린 통행금지 표지판을 간단히 무시하고 그 옆으로 차를 몰아 지나갔다.
 곧게 뻗은 사차선 도로는 휑하니 비어 있었다. 차창 밖으로 스쳐지나가는 식당이나 주유소, 아파트 단지들은 모두 적요함에 휩싸여 있었다. 신호등은 작동을 멈춘 지 오래였고 가로수로 심어진 나무들만이 하늘로 가지를 맹렬하게 뻗어올리고 있을 뿐이었다. 인도에 깔린 타일들은 틈새에서 솟구쳐 자란 잡초들로 인해 무수한 조각으로 균열이 가 있었다. 그것들만이 사람들이 떠나간 뒤에도 이곳 유령 도시에 여전히 시간이 흐르고 있음을 확인시켜주었다.
 주거지를 벗어나자 거대한 하천이 가로지르고 있었다. 새벽에 지도에서 확인했던 것처럼 강 건너편엔 폐허가 된 공장지대가 있었다. 흐릿한 하늘과 맞닿아 있는 모든 건물과 나무들이 시커멓게 전소되어 있었다. 하늘로 솟아 있는 높은 굴뚝들만이 한때 이곳이 공장지대였다는 사실을 추측하게 했다. 다리를 건너 그곳으로 진입하자 시야가 부옇게 흐려졌다. 허공에 떠돌던 잿가루가 차창을 향해 검은 눈송이처럼 달려들었다. 불에 탄 건물들의 외벽에서 떨어져 나온 잿가루일 것이었다. 이곳에 들어선 뒤부터는 내내 암흑의 세계 속으로 한없이 빨려들어가고 있는 것만 같았다.

멀리선 그저 암흑 덩어리처럼 보이던 것들이 가까이 다가가자 적나라하게 드러났다. 가스 폭발에 건물들은 무자비하게 허물어져 있었나. 시커멓게 불에 그을린 잔해들 속에서 흉물스럽게 드러난 철골들마저 심하게 휘어져 있어 불길이 얼마나 셌는지를 짐작케 했다. 그나마 버티고 있는 콘크리트 외벽들은 폐허가 된 이곳을 기리는 거대한 비석들처럼 보였다. 군데군데 있는 쇠탱크들마저 거센 불길에 우그러져 있었다. 잿빛 풍경에 혼란을 느꼈는지 노인이 밭은 소리로 중얼대기 시작했다.

물, 물, 물.

물, 물, 물.

급기야 노인은 밖으로 나가겠다며 부산을 떨었다. 나는 속히 차 문을 전부 잠갔다. 그러나 그 소동에 조수석 유리창이 내려갔다. 바깥의 매캐한 공기가 급격히 스며들었다. 목이 따끔거리고 눈이 매웠다. 나는 다급히 유리창을 닫아 올렸다.

　이곳 대기는 손쓸 수 없이 오염되었다고 했다. 사고가 일어났던 그때 미처 빠져나오지 못한 사람들은 살이 녹아내리고 수포가 온몸에 번져 격리 조치되었다고 했다. 그런 소문들이 도시에 한창이던 그때 나는 B구역의 재난 따위엔 아무런 관심도 없었다. 실종자들의 가족과 종교단체들이 이곳에 격리된 사람들에게 구호물자와 식량을 보내자고 거리에서 외치는 소리를 들은 적이 있다. 그러나 나에게는 그들의 외침이 들리지 않았다. 내겐 이미 내 삶 자체가 재난이었다.

　B구역의 북동쪽 산길로 접어들었다. 차창 밖으로 지나가는 나무들이 울울했다. 오랜 시간 폐쇄되었던 산은 그 기운이 더욱 강해진 것 같았다. 산길에 깔려 있는 시멘트도 무수히 갈라져 그 틈새로 잡풀이 무성했다.

　마침내 다다른 등산로의 초입엔 문 닫은 식당들과 기념품 가게들이 모여 있었다. 단층 건물들은 유리창과 지붕 할 것 없이 모두 넝쿨에 집어삼켜지고 있는 중이었다. 주차장은 빗물이 고여 늪지대처럼 변해 있었다. 차바퀴가 진흙탕 물을 튀기며 힘겹게 지나갔다. 늪지대를 빠져나와 경사면에 차를 세웠다. 시동을 끄자 산속에서부터 불어나오는 스산한 바람 소리가 기괴한 비명처럼 들려왔다.

　나는 고개를 돌려 나무들 사이로 뻗어 있는 등산로를 바라보았다. 한때 사람들의 발자취로 반들댔을 등산로엔 낙엽들이 두껍게 더께 앉아 시커멓게 썩어가고 있었다. 노인을 데리고 산을 오르는 일은 쉽지 않을 것이다. 그리 깊은 곳까지 가야 하는 것은 아니었지만 그래도 시간이 제법 걸릴 것이다. 산에 어둠이 내리기 전에 서둘러야 했다. 나는 지체하지 않고 차 문을 열고 나갔다. 차에서 내리자마자 맨살에 와 닿는 산 공기가 선득했다. 조수석 앞으로 가서 차 문을 열고 뭉그적대는 노인의 손목을 붙잡아 끌어냈다. 노인이 끌려나오며 또다시 중얼댔다.

　물, 물, 물.

　나는 노인의 손목을 움켜쥐고 등산로 쪽으로 이끌며 나지막이 말했다.

　착하게 잘 따라오세요. 그러면 내가 물 드릴게요.

　노인은 순한 눈동자로 나를 빤히 바라보더니 고개를 끄덕였다. 나는 입술을 질끈 깨물고 노인을 앞세워 걷기 시작했다. 산길은 수북이 깔린 낙엽으로 폭신했다. 길 양옆으론 잡목 숲이 깊게 펼쳐져 있었다. 하늘을 뒤덮으며 뻗어나간 나뭇가지들마다 넝쿨들이 주렴처럼 기다랗게 늘어져 있었다. 말라붙은 넝쿨들이 허공에서 바람에 흐느적대고 있었다. 마치 방문객을 향해 더 깊은 곳으로 들어오라고 손짓하는 것만 같았다. 앞서 걸어가고 있는 노인의 등은 굽어 있었다. 그냥 내버려두어도 어쩐지 노인은 깊은 산속까지 허정허정 걸어갈 것 같았다. 그 끝이 양천이라 믿으며.

걸음을 옮길 때마다 발밑에서 낙엽 부서지는 소리가 울렸다. 굽잇길을 지나자 경사면이 조금씩 가팔라졌다. 우측으로 응달에 모여 서 있는 부도탑들이 보였다. 부도탑들은 시간의 더께가 앉은 듯 푸른 이끼에 뒤덮여 있었다. 산 깊은 곳엔 사찰이 있는 것일까. 잠시 한눈을 팔았다 앞을 보자 노인이 넘어져 있었다. 낙엽에 뒤덮여 있던 돌부리에 발이 차인 것 같았다. 노인은 바닥에 주저앉아 갑자기 황망해진 눈길로 주변을 살피고 있었다. 이곳이 어딘지 기억나지 않는 기색이었다. 노인은 절박하게 나를 향해 손을 내밀었다.

나는 노인에게 다가갔다. 나를 향해 펼친 노인의 손바닥엔 흙이 잔뜩 묻어 있고 살갗이 까져서 피가 배어나오고 있었다. 나는 그 손을 맞잡고 노인의 몸을 일으켰다. 시간을 끌 수 없었다. 노인의 눈동자에 떠올라 있는 불안감을 외면하고 돌아섰다. 몇 걸음 걷다 돌아보니 노인은 여전히 그 자리에 서 있었다. 그제야 나는 노인의 신발 한 짝이 멀찌감치 벗겨져 있는 것을 보았다. 다시 걸어 내려가 신발을 주웠다. 그러고는 노인의 여윈 발에 신발을 신기며 차분하게 말했다.

이제 곧 양천입니다. 조금만 더 힘을 내시죠.

나를 내려다보고 있는 노인의 눈동자에 어려 있던 불안감이 잦아들었다. 노인을 부축하며 걷느라 속도가 느려졌다. 노인의 밭은 숨소리는 아까보다 거칠어져 있었다. 나는 노인의 걸음이 느려질 때마다 힘주어 노인을 끌어당겼다. 깊이 걸어 들어갈수록 산에선 축축하고 음산한 기운이 뿜어져 나오고 있는 것만 같았다. 그리고 때때로 등 뒤에서 정체를 알 수 없는 소리들이 들려왔다. 그때마다 나는 긴장감에 몸을 사리며 뒤돌아보았다. 나무에서 열매가 떨어지는 소리나 나뭇가지에 앉아 있던 새들이 날아오르는 소리인 것 같았다. 그럼에도 그 소리가 사냥감을 뒤쫓는 식인귀들의 기척인 것만 같아 심장이 조여들었다.

계곡물이 흐르는 소리가 가까워지며 바람이 한층 서늘해졌다. 절벽이 가까워지고 있었다. 노인을 처리할 시간이 다가오고 있는 것이었다. 노인은 무언가 두려운 듯 내 팔을 더 힘주어 잡았다. 나는 흘긋 노인의 얼굴을 바라보았다. 기억을 잃어버려서일까. 그동안 갖고 살았을 욕망이나 이기심 혹은 시기심 따위가 모두 씻겨나간 노인의 눈동자는 다시 아이처럼 깨끗했다. 그 눈동자는 자신이 지금 마지막 희망처럼 붙들고 있는 존재가 결국 자신을 죽일 것임을 전혀 눈치채지 못하고 있었다. 하지만 어쩔 수 없었다. 내가 살아남으려면 노인을 처리해야 했다. 나는 지그시 이를 악물었다.

어느덧 시야가 트이며 공터가 나타났다. 공터에 서 있는 거대한 느티나무 뒤편으론 깊은 골짜기에 계곡물이 흐르고 있었다. 계곡을 건너려면 아치형 돌다리를 건너야 했다. 그런데 돌다리의 난간에 경악스러울 만큼 많은 까마귀들이 내려앉아 있었다. 나는 이제껏 그토록 무수한 까마귀를 본 적이 없었다. 난간에 촘촘히 내려앉은 까마귀들은 자리싸움을 하는지 서로를 부리로 조아댔고, 그때마다 작은 소동이 일었다. 몇몇 까마귀들은 끝내 자리를 빼앗기고 다리 근방의 나뭇가지로 날아올랐다.

나는 노인을 이끌고 공터를 지났다. 아치형 돌다리를 건너가는데도 까마귀들이 도망치지 않았다. 묘한 기분이 들었다. 가까이서 보니 까마귀들의 깃털에 윤기가 흐르고 있었다. 간혹 눈이 마주쳐도 움츠러드는 기색이 없었다. 도리어 검게 번들대는 눈동자로 나를 쏘아보는 것 같았다. 어디선가 날아든 까마귀 몇 마리가 노인의 뒤를 짓궂게 따라붙었다. 그것들은 노인의 몸에서 죽음의 냄새라도 맡은 것처럼 집요했다. 노인은 두려움에 지질린 듯 휘휘 허공에 팔을 휘둘렀다.

 다리를 건너 다시 길을 따라 걷는데 바짝 해가 들었다. 길 곳곳에 고여 있는 물이 반짝였다. 나무에서 흩날린 선홍빛 꽃잎들이 물 위에 떠올라 있었다. 길은 얼마 가지 않아 끊어지고 전방에 절벽이 나타났다. 절벽은 짐작했던 것보다 높았다. 그 앞으로 다가가 고개를 들어올리자 절벽에 박힌 철계단이 지그재그로 높은 데까지 이어지고 있었다. 노인을 끌고 오르기엔 무리였다. 그렇지만 여기서 멈출 순 없었다. 군인들이 이쯤에서 돌아가는 것은 아마 이 절벽 때문이 아닐까, 혹여 절벽을 오르는 이 계단이 안전하지 않기 때문이 아닐까.

 노인은 절벽 앞에서 더 이상 가지 않겠다고 버텼다. 절벽의 높이에 겁을 집어먹은 눈치였다. 나는 먼 길을 오느라 퀭해진 노인의 눈동자를 지그시 바라보았다. 노인의 눈시울이 붉어져 있었다. 아이를 달래는 것처럼 나는 손으로 하늘을 가리키며 한마디씩 힘주어 말했다.

 저 위에서 영민 씨가 기다리고 있어요. 그냥 여기 남으실 건가요?

 그러자 기력이 꺼져가던 노인의 눈동자에 생기가 돌아왔다. 징글맞고 어리석은 모성애였다. 심지어 노인은 아들을 볼 생각에서인지, 빗물에 미끄러워졌을 층계를 나보다 앞서 올라가기 시작했다. 나는 그런 노인의 뒷모습을 바라보며 목구멍까지 차오르는 말을 삼켰다. 영민은 당신을 팔았습니다. 저 위에서 당신을 기다리고 있는 것은 죽음뿐이지요. 그러나 나는 그 말을 삼키고 묵묵히 층계를 오르기 시작했다. 앞서 가는 노인이 발을 옮길 때마다 신발이 벗겨지며 발뒤꿈치에 피가 흐르는 게 보였다. 노인을 위해서라도 차라리 이쯤에서 목숨을 앗는 편이 좋을 것이었다. 그러나 내가 결정할 수 있는 건 없었다. 나는 재의 명령을 이행하는 자일 뿐이었다.

계단을 오를수록 바람이 점점 더 거세게 불어왔다. 간혹 절벽 위에서부터 돌멩이들이 굴러떨어졌다. 내 무게가 실릴 때마다 녹슨 층계들은 고통스럽다는 듯 삐걱댔다. 게다가 철계단의 난간마다 박혀 있던 나사못이 군데군데 뽑혀나가 있었다. 모골이 송연해졌다. 계단이 하나라도 부서진다면 나는 그대로 절벽 아래로 추락할 것이었다. 그렇지만 층계 난간을 단단히 부여잡는 것 외엔 달리 방도가 없었다. 나와 달리 노인은 이미 한참을 앞서 오르고 있었다. 하늘에선 까마귀들이 누군가의 죽음을 기다리듯 공중을 선회하고 있었다. 고개를 돌리자 저 멀리 도시의 전경이 흐릿하게 드러났다. 폐허가 되어버린 검은 도시 위에 먹장구름이 잔뜩 몰려들고 있었다.

그런데 어디선가 바람을 타고 종소리가 귓전을 스쳤다. 먼 데서 여러 개의 종들이 흔들리고 있는 소리였다. 아무도 찾아오지 않는 깊은 산속에서 울리고 있는 종소리는 기묘했다. 노인은 이제 마지막 남은 층계를 모두 올라가 더 이상 보이지 않았다.

절벽 위에 오르자 바로 잡목림 지대였다. 키 높은 나무들이 빽빽이 들어선 잡목 숲은 동이 트기 전 어스름한 새벽처럼 컴컴했다. 나뭇가지들이 공중에서 창살처럼 얽혀들어 햇빛이 스며들지 못하고 있었다. 노인은 컴컴한 숲속으로 멀어져가고 있는 중이었다. 이제 잠시 뒤면 내 손으로 노인을 처리해야 할 것이었다. 그러나 죽음을 향해 걸어가고 있는 듯 보이는 노인의 발걸음은 무언가에 홀린 듯 가벼워 보였다. 숲 깊은 곳에서 끝없이 종소리가 울려나왔다. 나 또한 그 소리를 따라 음산한 숲으로 들어섰다.

숲속엔 여기저기 제사를 지냈던 흔적들이 나타났다. 수령이 오래된 시커먼 나무둥치마다 칼로 새긴 한자어들이 흉터처럼 남아 있었다. 아마도 이곳에서 실종된 사람들의 이름이 아닐까 싶었다. 그리고 나뭇가지에 매어놓은 흰 천들이 바람에 너울대고 있었다. 땅 위로 드러난 굵은 나무뿌리들이 주술적인 무늬를 새기며 뻗어나가고 있었다. 어디선가 끝없이 들려오는 종소리 때문일까. 눈앞에 펼쳐지는 스산한 풍경 때문일까. 나는 자꾸만 정신이 혼미해지는 기분이 들었다. 내가 붙잡아야 하는 노인이 도리어 죽음을 향한 길잡이처럼 나를 인도하고 있는 것 같았다. 이제 그만 노인을 처리하고 돌아가. 머릿속에서 그렇게 명령하는 차가운 목소리가 들려왔지만 내 몸은 최면에 걸린 것처럼 끝없이 앞으로 걸어 나가고만 있었다. 이 숲에는 보이지 않는 어떤 강력한 주술이 걸려 있어서 어떤 기운이 수십의 손처럼 내 등을 떠밀고, 내 발목을 잡고 이끄는 것만 같았다.

멀리서 들려오던 종소리가 어느덧 머리 위로 바짝 다가왔을 때였다. 나는 숲속에 깊이 배어 있는 기분 나쁜 악취를 맡았다. 한여름 고장 난 냉장고 안에서 푹푹 삭은 살코기 냄새라고밖엔 표현할 수 없었다. 냄새를 맡는 것만으로 구역이 치밀고 고개가 돌아갔다. 속이 통째로 뒤틀렸다. 스무 발자국쯤 앞서가고 있던 노인이 무언가를 감지한 듯 걸음을 멈추었다. 노인은 고개를 들어올려 나무 위를 올려다봤다. 나는 노인에게 가까이 다가가며 천천히 고개를 들어올렸다. 믿어지지 않는 풍경에 걸음이 절로 멈추어졌다.

허공엔 무수한 시체들의 발이 떠올라 있었다. 시체들은 갈고리 모양으로 굽어진 나뭇가지에 목을 매달고 죽어 있었다. 바람이 불어올 때마다 진동하던 악취가 무엇이었는지 나는 깨달았다. 그것은 시체들이 썩는 냄새였다. 그리고 시체가 내걸린 나무마다 어떤 표식처럼 종이 매달려 있었다. 그러니까 숲에서 울려나오던 종소리는, 결국 시체들이 흔들리는 소리였던 것이다. 몇몇 시체들은 제 몸의 무게로 인해 아주 조금씩 바닥으로 내려앉고 있는 중이었다. 시체의 머리에 내려앉은 새들이 머리카락을 뽑아내고 있었다. 부드러운 머리칼로 둥지를 만들 셈인 것 같았다.

나는 바로 가까이에 매달려 있는 시체를 올려다보았다. 사람의 머리 모양으로 부푼 채 굳어 있는 후드는 속이 컴컴하게 비어 있었다. 해골이 된 머리가 떨어져 나간 것이었다. 바닥을 향해 늘어져 있는 손뼈는 곱게 풍화되어 옥색으로 빛나고 있었다. 조금씩 살이 부패하며 발이 작아지자, 신발이 벗겨져 드러난 발목뼈도 이끼가 돋아난 것처럼 푸릇했다. 시체의 손끝이 가리키고 있는 것처럼 보이는 낙엽 위에는 눈구멍이 시커멓게 뚫려 있는 해골이 놓여 있었다. 살점 하나 없이 깨끗하게 말라붙은 해골의 곡면을 타고 흰개미들이 기어다니고 있었다.

나는 반사적으로 뒷걸음질쳤다. 그러자 허공에 매달려 있는 더 많은 시체들이 시야에 들어왔다. 나뭇가지들이 궁륭을 이룬 숲에 매달려 있는 시체들은 크리스마스트리 장식처럼 보였다. 낙엽이 깔려 있는 바닥엔 그들의 소지품들이 떨어져 있었다. 가방이나 랜턴, 물병 따위의 것들이었다. 그리고 나는 먼발치의 나무 아래 놓여 있는 캐리어를 보았다. 누군가 거기에 시체를 담아 온 것 같았다. 캐리어는 열려 있었다. 마치 그 안에서 방금 끌어내어 매달아놓은 것처럼, 캐리어 바로 위에 여자 시체가 매달려 있었다. 검정 원피스 차림의 여자는 죽은 지 얼마 되지 않았는지 아직 부패하지도 않은 상태였다. 그래서 멀리서 보면 언뜻 그냥 공중에서 잠들어 있는 것처럼 보였다. 그러나 여자의 두 발에 신겨져 있는 면양말은 몸을 타고 흘러내린 피로 검붉게 물들어 있었다. 여자의 늘어진 발끝에서 핏물이 툭툭 떨어져 낙엽 더미에 고이고 있었다.

뒷걸음질치던 나는 나무뿌리에 발뒤꿈치가 걸려 넘어졌다. 날카로운 무언가가 등허리에 박혔다. 악 소리를 삼켰다. 노인이 나를 일으켜 세워주려는 듯 이쪽을 향해 다가오고 있었다. 그런 노인이 유령처럼 보였다. 노인의 입술이 달싹였다.

영민아…… 영민아…….

나는 고개를 흔들었다.

아니야, 아니야. 나는 영민이가 아니야.

내 목덜미를 타고 내려가는 땀방울들이 구더기처럼 느껴졌다. 그때였다. 노인의 뒤편 나무 사이에서 누군가 이쪽을 응시하고 있는 게 보였다. 두 발로 서 있는 시체와 다름없는 몰골이었다. 머리는 떡이 진 채 눌려 있고 깡마른 몸에 두 눈동자는 퀭했다. 거무스름한 광대가 불거져 나온 그 얼굴은 흡사 해골 같았다. 나를 바라보고 있던 퀭한 두 눈이 느리게 깜박였다. 식인귀였다. 나는 온몸의 피가 차갑게 식는 기분이었다.

이 숲은 식인귀들이 사람 고기를 보관하는 피비린내 나는 창고인 것이었다. B구역은 투견장이었다. 강한 자가 약한 자를 뜯어 먹으며 살아남는 곳. 입엔 사람 피를 묻히고 양손엔 사람의 기름이 끈적이는 식인귀들이 득실대는 서식지인 것이다. 나는 자리에서 일어났다. 돌아서서 죽을힘을 다해 달리기 시작했다. 나무들이 달아나는 나를 포위하기 위해 좁혀 들어오는 쇠창살들 같았다. 바람에 들려오는 종소리는 끈질기게 나를 따라붙었다. 어두운 숲속에서 나타난 까마귀들이 나를 쫓기 시작했다. 어느덧 종소리는 재의 목소리로 바뀌어 들려오고 있었다.

이번이 마지막 기회입니다. 이제 더 이상 새로운 이름은 없습니다.

야경

 하나시에 돌아오자 저녁 7시가 조금 지나고 있었다. 내 몸엔 아직 시체 썩는 냄새가 가시지 않은 것 같았다. 고속철에서 내린 뒤에 곧장 중앙역 지하도로 내려갔다. 지하엔 거대한 지하 상점 거리가 형성되어 있었다. 무수한 가게들이 밝힌 조명 불빛에 눈이 시큰댔다. 지하에 울리고 있는 사람들의 말소리와 가게마다 경쟁하듯 볼륨을 높여놓은 음악 소리가 견디기 힘들었다. B구역에 다녀온 나는 하루 만에 몇 십 년은 늙어버린 것 같았다. 내가 그 지옥 같은 땅에서 무사히 빠져나와 거리를 활보하고 있다는 사실이 아직도 실감나지 않았다.

 지하상가를 헤매다 도착한 10번 출구의 자동문 위에는 T사의 로고가 빛나고 있었다. 그것을 바라보자 이른 새벽 내게 차갑게 내뱉었던 서유리의 목소리가 떠올랐다.

새로운 기회를 얻고 싶으면 저녁 7시, T타워의 124층으로 와.

서유리가 그렇게 말할 때까지만 해도 나는 내 발로 여기까지 찾아오게 될 거라고는 짐작조차 하지 못했었다. 자동문을 지나자 바깥의 소음은 차단되었다. 한동안 진공 상태처럼 적막한 대리석 복도가 이어졌다. 순백의 통로를 따라 들어가는데 어디선가 여자의 목소리가 들렸다. 우아하게 절제된 목소리였다.

환영합니다. 고객님. T사는 언제나 고객님의 편안하고 행복한 삶을 위해 최선을 다하고 있습니다. 오늘 이곳에서 즐거운 추억을 만드시길 바랍니다.

두 번째 문을 지나자 흰 대리석과 유리로만 이루어져 있는 거대한 지하 홀이 눈앞에 펼쳐졌다. 매장은 긴 타원형이었고 지하부터 높은 층까지 가운데가 도넛처럼 뚫려 있었다. 그리로 쏟아지는 밝은 조명 불빛이 바닥의 인공 호수를 잔잔히 비췄다. 명품 매장들에 둘러싸인 호수엔 한적하게 곤돌라들이 떠다녔다. 피에로 분장을 한 사공들이 노를 저어 손님들을 매장까지 바래다주고 있었다.

역과 연결된 지하상가와 달리 이곳 T타워의 내부는 잔잔한 음악이 깔려 있고, 쇼핑하는 사람들은 여유로워 보였다. 눈앞에 펼쳐진 생경스런 풍경에 나는 잠시 얼어붙었다. 누군가의 시선이 느껴져 고개를 돌리자 곤돌라의 노를 저으며 느리게 지나가고 있던 피에로였다. 얼굴에 회칠을 하고 눈가를 검게 물들인 피에로의 눈동자가 날 빤히 응시하고 있었다. 죽음의 사신처럼 보이는 피에로의 시선을 피해 나는 왼편으로 방향을 잡고 걸었다.

매장들 앞을 빠르게 지나 엘리베이터 앞에 다다랐다. 여러 대의 엘리베이터는 각각 운행하는 층수가 달랐다. 나는 124층 레스토랑으로만 운영되는 엘리베이터에 탑승했다. 문이 닫히자 다시 출입구에서 들었던 여성의 목소리가 들려왔다.

고객님은 이제 곧 하나시에서 가장 높은 곳에 다다르시게 됩니다. 그동안 저희 T사가 준비한 화면을 감상하시도록 하겠습니다.

몸이 붕 떠오르는 느낌과 함께 발로 디디고 있던 엘리베이터의 바닥이 스크린으로 바뀌었다. 그 화면으로 공중에서 촬영한 숲이 내려다보였다. 공중을 비행하고 있는 것만 같은 기분이 들었다. 새가 지저귀는 소리와 함께 엘리베이터 안에서 웅성대던 사람들이 고요해졌다. 저 아래 초원을 달리는 아이들이 내려다보였다. 어느덧 바닥의 스크린이 꺼지고, 이번엔 엘리베이터 네 개의 벽면에 차례대로 영상이 떠올랐다. 화면마다 초원의 울창한 나무들이 넘실댔다. 정면의 화면 속으로 아이들이 달려가고 있었다. 바로 눈앞에서 손에 잡힐 듯 여자아이의 머리칼이 바람에 넘실댔다. 까르르 아이들이 티 없이 맑게 웃었다. 그 영상은 밤마다 T타워의 벽면에 떠올라 있던 광고였다. 언제나 아주 먼 세상일 것만 같던 그 초원이 바로 손에 잡힐 것만 같은 착각이 들 무렵이었다.

화면이 바뀌며 T사의 서비스가 안내되기 시작했다. 남편을 교통사고로 잃고 절망하던 여성은 T사의 서비스맨이 찾아오자 미소를 되찾았다. 고급스런 실버타운의 노인은 곧 다가올 죽음 앞에 두려워하고 있다가 T사의 서비스맨이 손을 잡아주자 평온하게 눈을 감았다. 곧 서정적인 음악과 함께 다시 부드러운 여성의 목소리가 흘러나왔다.

저희는 생활의 편리함뿐 아니라 고객님의 행복함을 위해서도 노력하고 있습니다. 고객님, 아무것도 걱정하지 마세요. 우리 T사가 언제나 함께 합니다.

그 멘트와 함께 엘리베이터가 124층에 멈추어 섰다. 모든 스크린이 꺼지며 문이 열렸다. 밖으로 나오자 바로 레스토랑의 실내였다. 흐릿한 조명 아래 사람들은 저마다 테이블에 앉아 대화를 나누고 있었다. 둥근 유리벽면을 따라 하나시의 야경이 반짝이고 있었다. 나는 목탄화처럼 흐릿한 사람들의 얼굴을 일별하며 걸어가다 한 테이블 앞에 멈추었다.

서유리는 창가 테이블에 앉아 고개를 돌려 야경을 내려다보고 있었다. 그녀의 잔에 담긴 위스키는 조금도 줄어 있지 않았다. 서유리는 검정색 바바리 재킷을 벗어 의자에 걸쳐두고 보라색 원피스 차림으로 앉아 있었다. 칠흑 같은 단발이 찰랑였다. 오래전 스무 살이었던 서유리는 이제 삼십대였다. 그때보다 옷차림이나 태도가 사뭇 세련되게 변한 것 같았다. 그사이 이곳 하나시에 더 어울리는 사람이 된 듯했다. 서유리는 유리창 바깥에 머물러 있던 시선을 돌려 날 바라보며 말했다.

무사히 돌아왔네.

마치 내가 어디서 무엇을 하고 돌아왔는지 알고 있는 듯한 말투였다.

식사 안 했지?

나는 말없이 자리에 앉았다. 점원이 다가와 물잔과 위스키 한 잔을 내려놓았다. 나는 잠시 유리 너머 저 멀리 어둠 속에 반짝이는 스카이라인을 보았다. 이토록 높은 곳에서 도시를 내려다보는 건 처음이었다. 레스토랑의 바닥이 회전하고 있는 탓에 풍경의 각도가 조금씩 달라지고 있었다. 숱한 사람들이 자살하거나 실종되고 있었다. 그런데도 높은 곳에서 내려다본 도시는 그토록 많은 사람들의 삶이 부서지고 있다는 게 믿어지지 않을 만큼 아름다웠다. 어릴 때 교회에서 보았던 그림책에 나오는 삽화 같았다.

점원이 조용히 물러나자 나는 얼음이 들어 있는 물을 들이키려다 말고 멈칫했다. 잊고 있던 오래전의 기억이 떠올랐다. 재는 사무실 바닥에 죽어 있던 거미를 핀셋으로 들어올렸다. 그러곤 독약이 든 크리스털 유리잔에 거미를 집어넣었다. 유리잔 안에서 거미는 연기를 내며 순식간에 녹아내렸다. 거미를 이루고 있었을 부산물만이 투명한 유리잔 바닥에 가라앉고 있었다. 재는 그걸 가만히 지켜보고 있다가 시선을 치켜들어 날 바라보며 말했었다. 어리석은 사람들은 곧잘 무모해집니다. 그들은 그걸 용기라 부른다지요.

나는 물잔을 내려놓고 불안감에 잠긴 목소리로 서유리에게 말했다.

곧 일어나야 합니다. 오늘 당신을 만나러 온 걸 재가 아는 날엔 목숨을 부지하기 어려울 겁니다. 그러니 본론부터 말하시죠.

그러나 서유리는 내 말에 아랑곳하지 않고 유리창을 바라보며 뜬금없이 숫자를 세기 시작했다. 서유리의 시선이 서서히 움직이는 바깥 풍경을 쫓고 있었다.

셋…… 둘…… 하나.

최면을 걸 듯 나지막한 목소리였다. 서유리의 시선이 강 건너 어딘가에 가닿아 있었다. 나도 덩달아 그곳을 돌아보았다. 강 건너에 평화로워 보이는 마을이 있었다. 미니어처처럼 아주 작게 보이는 마을은 구획이 반듯하게 나뉘어 있었고, 그 안에 자리 잡은 주택들의 창문마다 불빛이 밝혀져 있었다.

서유리가 그 동네를 쓸쓸한 눈빛으로 바라보며 말했다.

저곳이 옛날엔 아주 낡은 집들만 모여 있는 판자촌이었어.

서유리가 침묵하고 있는 사이 마을은 조금씩 시야에서 비껴나고 있었다. 여기서 내려다보니 도시의 모든 것이 거짓 같고 장난처럼 느껴졌다. 아마 이런 느낌 때문에 사람들이 높은 곳에 찾아와 식사를 하는 게 아닐까 싶었다.

나는 이제 더 이상은 쓸데없이 시간을 낭비할 수 없어 단도직입적으로 물었다.

그래서 내게 제안하고 싶다는 게 무엇인가요.

그러자 서유리는 말했다.

이틀 뒤 새벽, 네가 살던 동네도 무너질 거야. 쟤는 오래도록 기다렸던 그 순간을 자축하기 위해 혼자 사무실을 지키고 있을 거야. 그러나 안타깝게도 그는 눈부신 다음날을 맞이하지 못하게 될 거야.

서유리는 날 똑바로 바라보며 말했다.

그때 네가 들어가 그를 처리할 테니까.

나는 몸이 경직되었다. 이건 새로운 기회가 아니었다. 서유리는 제정신이 아닌 게 틀림없었다. 나는 자리에서 일어나며 말했다.

내가 잘못 왔군요. 오늘 일은 없던 것으로 하겠습니다.

돌아서는데 서유리가 날 불렀다.

진우야.

나는 움찔했다. 김진우. 오래전에 버렸던 나의 이름이었다. 재의 용역이 되었던 그날부터 나는 새로운 이름으로 살아왔다. 손에 피를 묻히고 돌아올 때마다 재는 내게 새로운 이름을 구해주었다. 그럴 때마다 재는 말했었다. 이전의 일들은 깨끗이 잊으라고. 그러면 나는 피 묻은 신분증을 버리고, 새로운 이름으로 살았다. 내가 사용하고 있는 그 이름들이 원래 누구의 것이었는지, 그리고 그 이름들은 왜 주인을 잃고 내게 흘러왔는지 따위는 한 번도 묻지 않았다.

그런데 서유리가 날 진우라 불렀을 때, 내 몸이 움찔했다. 나는 냉랭하게 답했다.

그렇게 부르지 마시죠. 나는 이제 김진우가 아닙니다.

서유리는 담담하게 말을 이었다.

김진우는 열세 살부터 지금껏 재의 빚을 갚기 위해 개처럼 충성했어. 왜 그랬을까?

내가 서유리를 돌아보자 그녀는 날 올려다보며 입가에 희미한 웃음을 머금고 말했다.

자유로워지고 싶었으니까.

서유리의 말 한마디가 내 가슴을 파고들었다. 나는 흔들리는 눈동자를 감추려 시선을 돌리며 잠긴 목소리로 말했다.

당신이 나에 대해 그렇게 잘 안다고 자신합니까?

그러자 서유리가 말했다.

나도 자유로워지고 싶었거든. 재로부터.

서유리는 잠시 침묵하다 말했다.

잘 들어. 이게 재로부터 벗어날 수 있는 마지막 기회야. 이번 기회를 놓치고 나면 그는 우리가 상대할 수도 없을 만큼 막강해질 거야. 나는 재와 달라. 난 너에게 자유를 줄 수 있어.

그제야 내가 여기에 찾아온 이유를 깨달았다. 나는 지금의 막다른 길에서 빠져나갈 수 있는 출구를 찾고 있던 것이다. 그러나 여전히 서유리를 향한 의심을 거둘 순 없었다.

내가 10년 만에 나타난 당신의 말 한마디를 믿고 재를 배신할 수 있을 거라 생각하나요?

서유리는 말없이 검정 핸드백을 열어 만년필과 메모집을 꺼냈다. 곧이어 그녀는 테이블 위에 명함 크기의 메모지를 펼쳐두고 펜촉으로 무언가를 적어나갔다. 레스토랑에 깔려 있는 음악 소리에도 불구하고 펜촉이 종이를 긁어대는 소리가 내 귀엔 날카롭게 새겨졌다.

서유리는 메모지를 내밀며 침착하게 말했다.

오늘 밤 내가 적어준 주소지를 찾아가봐. 그러면 네가 어떤 선택을 내려야 할지 알게 될 거야.

메모지엔 주소와 함께 일련의 숫자들이 새겨져 있었다. 무언가를 여는 비밀번호인 것 같았다. 나는 메모지를 말아 쥐었다. 서유리는 이제 더 이상 할 말이 남아 있지 않다는 듯 창 너머를 내려다보았다. 그녀가 가리켰던 마을은 이제 보이지 않았다. 나는 어두운 유리에 비친 그녀의 그림자를 보았다. 허공에 떠 있는 것처럼 보이는 그 흐릿한 얼굴이 더 서유리의 진짜 얼굴인 것처럼 느껴졌다. 유리에 비친 그녀의 얼굴엔 감추고 있던 쓸쓸함이 드러나 있었다.

●

내 나이 열일곱이었다. 나는 흔들리는 기차에서 잠들어 있었다. 한밤중인데도 열기가 가시지 않고 있는 여름밤이었다. 남쪽 끝으로 내려가고 있는 열차에는 화장실 지린내가 풍기고 있었다. 좌석에 머리를 기대고 잠들어 있는 사람들의 얼굴엔 피로감이 역력했다. 컴컴한 창밖을 내다보고 있는데 재에게 전화가 걸려왔다.

하나시로 올라오세요.

나는 목소리를 낮춰 더듬대며 물었다.

그럼 다음 표적은…….

재가 엄중한 목소리로 말했다.

한 달 동안 감시할 사람이 생겼습니다. 모든 걸 빠짐없이 내게 보고하도록 하세요.

나는 다음 역에서 하차했다. 막차는 이미 끊어진 뒤였다. 나는 낯선 고장의 시장 골목에 있는 여관에서 하룻밤을 묵었다. 여관의 1층에 연달아 있는 방 가운데 한 곳에 들어갔다. 유리등 안엔 날벌레들이 까맣게 죽어 있었고, 베개엔 누군가의 머리에 눌린 자국이 남아 있었다. 열린 창문 틈새로 스며들어 오는 냄새가 비렸다. 생선 내장 같은 것이 길바닥에 눌러 붙어 부패하고 있는 것 같았다. 모기향을 피워두고 누웠지만 쉽게 잠이 오지 않았다. 그동안 돌아다녔던 숱한 도시가 떠올랐다. 재의 명령에 따라 내가 추적했던 무수한 사람들의 얼굴이 두서없이 떠올랐다. 그들은 이미 이 세상 사람이 아닐 것이다. 나는 쓸데없는 생각을 물리치려고 벽 쪽으로 돌아누웠다. 무더운 여름밤이었다. 방 안에서 돌아가고 있는 선풍기 날개에서도 입김처럼 더운 바람만 불어나왔다.

다음날 새벽 재로부터 사진 하나가 들어와 있었다. 앞으로 한 달간 내가 감시해야 하는 표적의 얼굴이었다. 표적은 이제까지와 달리 중년의 사내도 아니었고 노인도 아니었다. 내 또래의 여자였다. 앞머리칼을 가지런히 자른 여자는 무표정한 얼굴로 입술을 다물고 있었다. 카메라를 응시하고 있는 커다란 눈동자엔 어떤 삶의 의지도 엿보이지 않았다. 그 얼굴은 어쩐지 낯설지 않았다. 기차 화장실에서 세수를 할 때면 거울에서 보게 되는 내 얼굴과 어딘가 닮아 있었다. 대체 재는 그 여자를 왜 감시하려는 것일까? 나는 그 이유가 궁금했다.

여관을 나섰다. 이른 시간인데도 상인들은 가게 문을 하나둘씩 열고 있었다. 그들은 대부분 얼굴에 저승꽃이 피어난 노인들이었다. 생선 가게의 상인은 허리를 굽히고 생선에 얼음을 붓고 있었다. 닭집의 노파는 닭장에서 닭들을 꺼내 한 마리씩, 날카롭게 벼린 칼로 목을 그었다. 피를 쏟아내기 시작한 닭을 재빨리 커다란 고무통 안에 던져넣고 뚜껑을 닫았다. 고무통은 짧게 진동했다. 그 일을 끝없이 반복하고 있는 노파의 얼굴은 무덤덤했다.

역전에는 희미하게 새벽빛이 밝아오고 있었다. 지난밤 어둠 속에선 보이지 않던 것들이 보였다. 나무들은 야위었고 벤치 아래에는 담배꽁초들이 흩어져 있었다. 나는 하나시로 가는 첫 차표를 끊고 플랫폼으로 나가 기차를 기다렸다. 그곳엔 밤새도록 식지 않은 열기가 남아 있었다. 큰 가방을 짊어진 몇몇 사람들이 서성이고 있었다. 철로 끝에서부터 열차의 불빛이 다가오고 있었다.

●

감시를 시작한 지 열흘이란 시간이 흘렀다. 여전히 서유리란 여자를 감시해야 하는 이유를 짐작할 수 없었다. 나는 중심가 오피스텔의 18층 작은 방에 틀어박혀 있었다. 내가 하는 일이라곤 날마다 컴퓨터 화면으로 서유리를 감시하는 것이었다. 낡은 컴퓨터 화면엔 나보다 한 층 위에 살고 있는 서유리의 방이 떠 있었다. 서유리는 그 작은 방 안에서 날마다 무력하게 시간을 보냈다. 학교에 다니지도 않았고, 직장생활을 하지도 않았다. 누군가를 은밀하게 만나지도 않았고 특별한 비밀을 감추고 있는 것으로 보이지도 않았다. 그냥 모든 걸 내려놓은 사람처럼 보였다. 어떻게 매달 고가의 세를 지불해야 하는 중심가의 오피스텔에서 살고 있는지도 의문이었다.

서유리는 밤이 되면 불면에 시달렸다. 그녀는 침대에서 몸을 수시로 뒤척이다 결국엔 자리에서 일어났다. 그때부턴 밤새 침대에 앉아 음악을 들었다. 서유리가 듣는 음악은 내 방의 스피커로 흘러나왔다. 나는 원하든 원치 않든 그 음악을 같이 들어야 했다. 그리고 나는 원하든 원하지 않든 그녀가 식사를 할 때 밥을 먹게 되었다. 서유리가 마트에 가면 나도 따라가 멀찍이서 그녀를 감시하며 카트에 아무런 물건이나 주워 담았다. 그녀가 하릴 없이 강변을 따라 걸을 때면 나도 강가를 걸어야 했다. 서유리는 가만 우두커니 서서 흘러가는 강을 오래도록 쳐다보았다. 석상이 되어버린 것처럼 오랜 시간 그 자리에 붙박여 있었다. 그런 때면 나 또한 한 자리에 머무르며 그녀를 오래도록 바라보고 있을 뿐이었다.

그랬기에 서유리를 감시하는 시간은 나에겐 오랜만에 주어진 휴가와도 같았다. 나는 오랜만에 조용하고 깨끗한 방에서 잠들었고, 날마다 샤워를 했고, 끼니를 거르지도 않았다. 아무런 일도 없었지만 나는 날마다 자정이 되면 재에게 서유리의 일과를 보고했다. 재에게 보내는 사진들 속에서 서유리는 길을 잃은 사람처럼 같은 도로를 여러 번 오갔고, 멍한 얼굴로 강을 바라보고 있었다. 하나같이 아무런 목적도 의미도 없는 행위들에 지나지 않았다. 그러나 꾸준히 그런 자료들만 전송

할 뿐인데도 재는 내게 감시를 철회하라는 명령을 내리지 않고 있었다. 재는 무언가를 기다리고 있는 것 같았다.

그곳에서의 시간이 보름째로 접어들고 있었다. 서유리는 길에서 날 마주쳐도 알아보지 못하겠지만 나는 서유리가 오래 알고 지낸 사람처럼 느껴질 정도였다. 그날도 나는 서유리를 따라 강가를 배회하다 들어왔다. 그녀가 샤워를 하고 난 뒤 늦은 저녁을 차려 먹는 모습을 지켜보며 나 또한 묵묵히 컵라면을 먹고 있었다. 서유리에게 한 통의 전화가 걸려오기 전까지 나는 그날도 그렇게 조용히 하루가 저물어가는 줄 알았다.

불현듯 스피커로 날카로운 벨소리가 흘러나왔다. 화면 속 서유리는 식사를 하다 말고 긴장한 듯 곁에 두고 있던 휴대폰의 액정을 바라보았다. 나는 재빨리 스피커 음량을 키우고 그녀를 지켜보았다. 그러나 고개를 숙이고 긴장한 듯 전화를 받는 서유리의 목소리는 작아서 잘 들리지 않았다.

네, 네. 알겠습니다.

내가 들은 것은 그게 전부였다. 전화를 끊고 난 뒤에 서유리는 한동안 겁을 집어먹은 아이처럼 아무것도 하지 못했다. 잠시 뒤 서유리는 정신을 차린 듯 다급하게 움직여 어질러진 집을 치우기 시작했다. 방에 널려 있던 쓰레기들을 줍고, 건조대에 말라붙어 있던 속옷들을 치웠다. 싱크대 개수대에 쌓여 있던 그릇들을 설거지했다. 돌아가는 상황을 지켜보니 아마도 전화를 걸어왔던 사람이 집으로 오기로 한 것 같았다. 청소를 마친 서유리는 이번엔 붙박이장 문을 열고 옷을 갈아입기 시작했다. 잠시 옷장 문에 가려졌던 서유리는 정장 차림이 되어 있었다. 낯선 모습이었다.

잠시 뒤 현관문을 열고 한 남자가 나타났다. 체구가 큰 남자는 한여름인데도 정장 차림에 넥타이까지 매고 있었다. 남자는 어슬렁대며 침대 쪽으로 걸어가고 있었다. 그의 넓은 등이 바위처럼 단단해 보였다. 그래서인지 그를 뒤따라가고 있는 서유리는 평소보다 더 왜소해 보였다. 그는 창가 아래 가로놓인 침대에 걸터앉더니 재킷을 벗었다. 그때까지만 해도 나는 그가 누구인지 알아보지 못했다. 곧이어 그는 습관처럼 손목시계의 잠금장치를 두어 번 딸각이며 풀어냈다 다시 죄었다. 그 소리를 듣자 최면에 걸린 듯 잊고 있던 기억이 떠올랐다.

오래전 나는 나선형 계단에 앉아 선을 긋고 있었다. 눈이 내리고 있는 저녁이었다. 비탈면에 떨어지는 눈송이들은 바닥에 닿자마자 녹아내리고 있었다. 유리문을 열고 거대한 풍채의 한 남자가 들어섰다. 말끔한 정장차림의 남자는 검은 우산을 접으며 흘긋 나를 쳐다보았다. 그의 눈동자는 이식한 것처럼 감정이 느껴지지 않았다. 그의 손목에서 금시계 줄이 번뜩였다. 그가 내 곁을 지날 때 싸늘한 기운에 몸이 움츠러들었다. 나는 고개를 돌려 그가 나선형 계단을 밟아 올라가는 모습을 지켜보았다. 그는 딸각이는 소리를 내며 시곗줄을 풀었다 죄었다. 습관인지 그가 높은 데로 올라가 모습이 보이지 않게 되었을 때에도 딸각이는 소리가 몇 번 더 들려왔다. 그가 공기 중에 남기고 간 진한 머스크향이 불길했다.

잠시 뒤 높은 곳에서 그가 고함치는 소리가 들려왔다. 재의 목소리는 들려오지 않았다. 재는 어떤 상황에서도 목소리를 높이는 법이 없었고 그날도 그랬다. 나는 이제껏 재에게 그토록 호기롭게 소리치는 사람을 본 적이 없었다. 잠시 뒤 사무실 문이 벌컥 열리는 소리가 들리고 그가 거칠게 층계를 내려왔다. 그는 출입구 앞에 서서 바깥을 내다보고 있다가 아직 분이 가시지 않는다는 듯 단단한 주먹으로 유리문을 후려쳤다. 쩍 하는 소리와 함께 유리문에 금이 갔다. 나는 피 묻은 유리 너머 눈발을 뚫고 멀어져가는 그를 바라보았다. 그리고 누군가의 시선이 느껴져 위를 올려다보았다. 놀랍게도 재가 층계 난간 앞에 서서 이쪽을 내려다보고 있었다. 무언가를 곱씹고 있는 것 같은 재의 얼굴은 그 어느 때보다 냉랭한 표정을 짓고 있었다.

●

서유리를 찾아온 사람은 그였다. 오래전에 한 번 스치듯 보았을 뿐이지만 나는 그를 기억할 수 있었다. 그에게서 느껴지던 특유의 싸한 느낌이 화면을 통해서도 전해져왔다. 금방이라도 그가 온기 없는 눈을 치떠 카메라 화면 너머에서 자신을 지켜보고 있는 나를 노려볼 것만 같았다. 그러나 그건 나의 기우일 뿐이었다. 서유리의 방에 들어온 그는 긴장감을 푼 것처럼 보였다. 그는 침대에 비스듬한 자세로 앉아 나른한 목소리로 명령하듯 말했다.

벗어.

화면 속에서 서유리는 옷을 벗기 시작했고 곧 속옷 차림이 되었다. 소년처럼 마른 서유리의 몸이 극도의 두려움을 느끼는 듯 벌벌 떨리고 있었다. 그러나 그는 아랑곳하지 않고 다음 지시를 내렸다.

그거 가져와.

그의 말이 떨어지자마자 서유리는 침대 맞은편 붙박이장으로 다가가 무언가를 꺼내왔다. 서유리가 그에게 떨리는 손으로 건넨 것은 카메라였다.

그의 방문은 이번이 처음이 아닌 것 같았다. 이미 그들 사이엔 폭력의 암묵적인 규칙과 수순이 정해져 있었다. 그가 손가락으로 제 앞을 가리켰다. 서유리는 포토라인에 서듯 그곳에 엉거주춤 선 뒤에 떨리는 손으로 속옷까지 벗어 내렸다. 그는 나신이 된 서유리를 향해 카메라 셔터를 몇 번 눌러보았다. 서유리는 셔터 불빛이 터질 때마다 수치스러운 듯 두 팔로 자신의 가슴을 가리려 애썼다. 그는 방금 찍힌 사진을 확인하더니 영 흡족하지 않다는 듯 고개를 갸웃했다. 그러더니 나지막이 말했다.

기어.

그 말이 떨어지기 무섭게 서유리의 몸이 무섭게 떨리기 시작했다. 그는 성가시다는 듯 더욱 낮은 어조로 지시했다.

기어.

서유리는 무릎을 바닥에 대고 엎드렸다. 앙상한 엉덩이를 치켜세운 채 바닥을 느리게 기어다니기 시작했다. 서유리의 메마른 등에 날갯죽지 뼈가 불거져 나왔다. 그는 당분간 침묵 속에서 연방 카메라 셔터를 누르는 데 집중했다. 그의 카메라 플래시가 어둠 속을 가르며 서유리의 나신에 쏟아졌다. 플래시가 터질 때마다 서유리의 몸이 수치심으로 떨렸다.

서유리의 나신은 두 개의 카메라에 이중으로 포착되고 있었다. 하나의 시선은 그녀의 나신을 함부로 유린하고 있었고, 또 다른 시선은 짓밟히고 있는 그녀를 감시하고 있었다. 그녀는 그 시선들을 피할 수 있는 힘이 없었다. 그저 정교하게 얽힌 교묘한 시선의 거미줄에 걸려들어 미약하게 파닥거리고 있을 뿐이었다.

곧이어 스피커로 거침없이 흘러나오던 플래시 터지는 소리는, 혁대로 나신을 후려치는 소리로 바뀌었다. 그는 허리에서 풀어낸 가죽혁대를 있는 힘껏 서유리의 몸에 휘둘렀다. 서유리는 바닥에서 몸을 비틀어대고 있었다. 서유리의 등뼈가 꿈틀대며 소리 없는 비명을 내지르고 있었다. 허공을 세차게 가르는 혁대 소리는 플래시 소리와 교묘하게 겹쳐지며 내 귀를 울렸다.

그의 채찍질이 멈추었을 때 바닥은 피와 땀으로 벌겋게 물들어 있었다. 매질을 멈춘 그는 거친 숨을 몰아쉬며 피투성이가 된 서유리의 나신을 촬영하기 시작했다. 그는 자신의 힘 앞에 철저하게 부서진 한 여자의 영혼까지도 카메라에 선명하게 담고 싶어 안달이 난 사람처럼 보였다.

모든 촬영을 마친 그는 처음 화면에 등장했을 때와 동일하게 조금의 흐트러짐도 없는 모습으로 떠났다. 서유리는 화면 한구석에 죽은 듯 늘어져 있었다. 그녀의 곁에는 그가 내버리고 간 피 묻은 혁대가 놓여 있었다. 서유리의 몸이 가끔씩 미세하게 떨리고 있는 것을 통해 나는 그녀가 죽지 않았다는 것을 확인할 수 있었다.

화면 속 서유리는 어느덧 오래전에 보았던 흰 개와 겹쳐 보였다. 흰 개의 가슴팍이 거칠게 오르락내리락하던 모습이 떠올랐다.

일어나. 이제 일어나서 이곳에서 도망쳐.

쓰러져 있던 서유리는 가까스로 몸을 일으켜 세웠다. 그러나 도망치지 않았다. 서유리는 근처에 떨어져 있는 벨트를 멍하니 응시하더니 무언가 결심한 듯 그것을 주워 들었다. 그 모습을 지켜보고 있던 나는 불길한 예감에 몸이 떨렸다. 서유리는 자리에서 가까스로 일어나더니 힘겹게 발을 끌며 붙박이장이 있는 쪽으로 다가갔다. 나는 그녀가 무엇을 하려는지 짐작할 수 있었다.

그러나 나는 이번에도 아무것도 할 수가 없었다. 나는 서유리에게 모습을 드러낼 수 없는 그림자일 뿐이었다. 그녀를 감시하는 것이 나의 역할이었다. 그녀가 지금 당장 스스로 목숨을 끊는다 하더라도 나는 다만 죽음을 감시해야 할 뿐이었다.

나는 몸이 굳어버린 채 화면을 지켜보고 있었다. 그러는 사이 옷장 문이 열렸고 서유리의 모습은 옷장 문에 가려졌다. 잠시 뒤 문 아래 놓여 있던 서유리의 피 묻은 두 발이 하나씩 사라졌다. 머리로는 가만히 있어야 한다는 판단이 섰지만 내 몸은 이미 달려 나가고 있었다. 비상구 층계를 뛰어올라 복도를 달려가는 동안 내 머릿속은 고요했다. 총을 맞은 뒤에 멎어버린 세상 속에 들어와 있는 것만 같았다. 나는 1903호 문을 잡고 부술 듯 흔들었다. 이미 너무 늦은 것일까. 문 너머는 고요했다. 나의 뇌리에는 몇 번 슬쩍 보아뒀을 뿐인 비밀번호가 떠올랐다. 그것을 재빨리 입력하고 집 안으로 난입했다.

서유리는 옷장 안에서 자신을 후려쳤던 피 묻은 혁대에 목을 걸고 매달려 있었다. 그녀의 두 발이 살짝 공중에 떠 있었다. 나는 그녀의 목에 걸려 있는 매듭을 풀어냈다. 그녀의 목에 붉은 자흔이 선명해지고 있는 중이었다. 나는 시체처럼 늘어진 그녀의 몸을 침대 위에 눕히고 기다렸다. 아직 미약하게 뛰고 있는 그녀의 맥박에만 나는 의존하고 있었다. 시간이 흐른 뒤 죽은 듯 늘어져 있던 서유리의 몸이 격하게 떨리기 시작했다. 나는 떨리는 그녀의 몸을 단단히 끌어안고 버텼다. 서유리의 입에서 뜨거운 무언가가 왈칵 쏟아져 나왔고, 시큼하고 비릿한 위액 냄새가 났다. 나는 그 순간 그녀가 이제 살아 돌아왔다는 것을 확신했다.

얼마나 시간이 흘렀을까. 나와 서유리는 벽에 등을 기대고 나란히 앉아 있었다. 서유리는 내가 건네준 수건으로 몸을 가리고 있었다. 카메라 화면에서만 보았던 방에는 아직도 그의 체취가 남아 있었다. 강한 머스크향과 뒤섞인 피비린내를 맡으며 그제야 내가 무슨 짓을 했는지 깨달았다. 재가 어디선가 날 지켜보고 있을 것만 같았다. 그의 목소리가 들려오는 것만 같았다.

감시당하고 있다는 사실을 눈치챈 사람은 더 이상 감시할 수 없습니다. 더 이상 민낯을 드러내지 않는 법이기 때문입니다. 그때부터 감시자가 바라보는 건 그자의 가면일 뿐입니다.

나는 이제 서유리를 감시할 수 없는 것이다. 재가 이 사실을 알게 된다면 나를 가만두지 않을 것이었다. 게다가 이번 일은 그자와 관련이 있었다. 나선형 계단 높은 곳에서 그자가 떠난 자리를 노려보던 재의 섬뜩한 눈빛이 떠올랐다. 이번엔 단지 빚이 늘어나는 것에서 끝나지 않을 것이었다. 그런 나의 두려움을 눈치챈 듯 서유리가 말했다.

오늘 그쪽을 본 건 비밀로 할게요.

그러고 보니 서유리는 그때까지도 내가 누군지 묻지 않고 있었다. 서유리는 내가 누군지 알고 있는 사람처럼 그렇게 말했을 뿐이었다. 나는 고개를 돌려 그녀를 바라보았다. 서유리 역시 두려움이 배어 있는 눈동자로 날 돌아보며 은밀하게 제안했다.

대신에 오늘 그쪽이 본 것도 비밀로 해주세요.

어둠 속에서 날 바라보는 그녀의 눈이 절박한 빛을 띠고 있었다. 나는 고개를 끄덕였다. 서유리는 잠시 어두운 방 천장 쪽을 두리번댔다. 어디선가 자신을 지켜보고 있는 시선을 찾아보려 하는 시도인 것 같았다. 그러나 곧 허튼짓이란 생각이 들었는지 고개를 숙이곤 자조 섞인 목소리로 말했다.

죽으면 벗어날 수 있을 거라 생각했어요. 그런데 이제 알았어요. 나는 죽는 것도 내 마음대로 할 수 없는 처지란 것을요.

서유리의 목소리 끝이 떨렸다. 그러나 그녀는 울지 않았다. 오히려 무언가를 다짐하고 또 다짐하는 사람처럼 입술을 굳게 다물고 있을 뿐이었다. 나는 그런 그녀가 어쩐지 낯설었다. 아주 짧은 시간이었지만 죽음의 문턱까지 다녀온 뒤로 어딘가가 달라져 있는 것처럼 보였다. 그녀는 마침내 무언가를 결심한 듯 날 돌아보며 차분한 목소리로 말했다.

그럼 이제 그쪽은 원래의 자리로 돌아가도록 하세요. 오늘 일은 잊고 내일부터 다시 날 감시하도록 하세요. 그래야 우리 모두 살 수 있어요.

나는 서유리에게서 뿜어져 나오는 서늘한 분위기에 압도되어 고개를 끄덕였다. 나는 자리에서 일어났다. 현관문을 열고 나서는데 등 뒤에서 서유리가 마지막으로 날 불러 세웠다.

저기요.

내가 돌아보자 서유리가 단호하게 말했다.

앞으로는 무엇을 보더라도 절대 여기에 오지 마세요.

나는 고개를 끄덕였다.

내 방으로 돌아온 나는 그날 밤의 영상을 모두 편집했다. 다른 날들의 영상을 짜깁기해서 마치 그날 밤인 것처럼 이어 붙였다. 조작된 화면 속에서 서유리는 그날 밤 목을 매달지 않았고, 죽음의 문턱까지 걸어갔다 돌아온 적이 없었고, 나와 나란히 어둠 속에 앉아 비밀을 공모한 적도 없었다. 그녀와 나는 한 번도 얼굴을 본 적 없는 사이가 되어 각자의 자리로 돌아가 있었다. 나는 평소처럼 자정이 되기를 기다렸다가 재에게 그날의 보고를 마쳤다.

그날 이후 별다른 일은 일어나지 않았다. 서유리는 평소와 다름없이 하루하루를 보냈고 나 또한 아무 일 없었다는 듯 그녀를 감시했다. 서유리는 여전히 낮밤이 바뀐 생활을 했고 가끔 근처 마트에서 간소하게 장을 보았다. 여전히 만나는 사람은 없었다. 그녀는 고층 오피스텔에서 홀로 고립된 생활을 이어나갔다. 다만 강가에서 서유리가 보여준 모습은 이전과 조금 달랐다. 카메라에 잡힌 그녀는 예전에 종종 그랬던 것처럼, 흘러가는 강을 오랜 시간 바라보며 시간을 죽이지 않았다. 서유리는 똑바로 앞을 바라보며 강가를 걷기 시작했다. 그녀를 따라가는 동안 시간은 덧없이 흘렀다. 하루해가 저물며 석양이 깔렸다. 강변의 풍경이 낯설어졌다. 불안했다. 이러다 그녀가 카메라 바깥으로 벗어날 것만 같아서였다. 그러나 어느 순간 그녀는 태연한 얼굴로 돌아섰다.

10일 뒤 또다시 그가 찾아왔다. 긴장하는 나와 달리 화면 속 서유리는 차분해 보였다. 서유리는 차디찬 냉기를 뿜어대는 그의 앞에 나신으로 서 있었지만 더 이상 떨지 않았다. 그가 셔터를 누르는 동안에도 똑바로 그의 카메라를 응시하고 있을 뿐이었다. 그가 누르는 무수한 셔터 불빛들은 더 이상 그녀를 파괴하지 못하는 것 같았다. 오히려 서유리의 차갑고 매끄러운 육신에 반사되어 투명한 비늘들처럼 무력하게 떨어져 나가고 있었다. 또다시 그는 혁대를 휘둘러 그녀의 몸을 후려쳤다.

그러나 그녀의 얼굴은 석고상처럼 서늘하게 굳어 있을 뿐이었다. 그토록 끔찍한 고통이 온몸을 파고드는데도 서유리는 굴복하지 않겠다는 듯 이를 악물고 그 시간을 견디고 있었다.

나는 그제야 재의 말이 옳다는 것을 깨달았다. 감시당한 걸 눈치챈 사람은 더 이상 감시할 수 없었다. 예전과 달리 화면을 통해 내가 바라보고 있는 건 서유리가 아니었다. 그것은 서유리가 쓴 가면일 뿐이었다.

●

10년 만에 눈앞에 다시 나타난 서유리는 또다시 내게 은밀한 제안을 하고 있었다. 어쩌면 서유리와 재를 속이기로 공모했던 그날 밤 이미 오늘은 예정된 것일 수도 있었다. 그러나 지금 서유리가 쓴 가면은 그때보다 더욱 차갑고 견고해져 있었다. 그녀를 믿어도 되는 것일까?

나는 너에게 자유를 줄 수 있어.

녹색등이 밝아오자 나는 사람들 속에 섞여 길을 건너기 시작했다. 내 앞에 걸어가고 있는 아이가 손에 쥐고 있는 헬륨풍선이 눈앞에서 흔들렸다. T타워의 로고가 선명하게 박혀 있었다. 아이는 사람들에게 치여 풍선 손잡이를 놓친 모양이었다.

풍선이 내 눈앞에서 떠오르기 시작했다. 나는 본능적으로 손을 뻗어 그것을 붙잡았다. 아이는 도로 한복판에서 길을 멈추고 애타는 눈으로 날 돌아보았다. 내가 아이에게 풍선을 건네려 하는 찰나, 아이의 엄마가 그것을 낚아채더니 아이를 안아 들고 도망치듯 인파 속으로 사라져갔다. 나는 멀어져가는 헬륨풍선을 바라보며 생각했다. 지금은 서유리의 제안이 한낱 저 헬륨만 가득 찬 풍선이라 할지라도, 나는 그것을 붙잡을 수밖에 없었다.

그것을 놓쳐버리고 나면 내 손에 쥐게 되는 건 죽음뿐이었다. 낮에 갔던 B구역의 전경이 아직도 내 눈앞에 생생했다. 까마귀들의 울음소리와 시체 썩는 냄새. 지금 바삐 어딘가로 흩어지고 있는 저들은 상상조차 하지 못할 것이다. 불과 세 시간 거리에 펼쳐져 있는 묵시록의 풍경을. 쟤는 내게 B구역에 다녀오란 명령을 수없이 내릴 것이고, 나는 하루하루 빠르게 지쳐갈 것이다. 그러다 보면 언젠가는 나도 더 이상 그곳에서 빠져나오지 못할 것이다. 나는 서유리가 건넨 메모지를 꽉 움켜쥐었다.

나는 막 떠나려 하는 버스를 붙잡아 몸을 실었다. 버스 안은 귀가하는 사람들로 가득했다. 나는 흔들리는 버스 안에서 좌석 등받이를 붙잡고 섰다. 내 아래 회사원으로 보이는 남자가 휴대폰 게임에 열중하고 있었다. 화면에 무작위로 쏟아져 나오는 쥐들을 1분 동안 최대한 많이 터뜨려 죽이는 게임이었다. 남자는 상복처럼 검은 정장에 검은 넥타이를 매고 휴대폰 화면을 두 엄지손가락으로 미친 듯이 두드렸다. 알록달록한 쥐 새끼들이 터져 죽을 때마다 화면에 떠오른 숫자들은 폭발적으로 증가했다. +10, +100, +1000⋯⋯ 남자는 얼굴이 벌게진 채 쥐잡기에서 헤어나오지 못하고 있었다.

나는 고개를 들어 창밖을 보았다. 강변 도로를 따라 이어지는 벚나무마다 꽃이 만개했다. 갑작스런 일들에 치여 정신을 차리지 못하는 사이 도시엔 봄이 완연해진 것이다. 꽃구경을 하기 위함인 듯 사람들은 강변에 돗자리를 깔고 여유로운 시간을 보내고 있었다. 끝없이 무언가를 씹고 마시고 떠드는 그들의 머리 위로 핏빛 꽃잎들이 흩어지고 있었다.

20분 남짓 달려 버스는 목적지에 도착했다. 나는 버스에서 내려 고요함과 은은한 불빛에 감싸여 있는 동네를 바라보았다. T타워 레스토랑의 유리 너머로 서유리가 가리켰던 마을이었다. 이곳이 한때 판자촌이었단 사실이 믿기지 않았다.

나는 마을로 접어들어 천천히 주위를 살피며 걸었다. 이곳은 내가 표적을 찾아 돌아다녔던 동네들과는 사뭇 다른 느낌이었다. 넓은 공원엔 푸른 잔디가 깔려 있었다. 손질이 잘된 나무들이 강에서 불어오는 바람에 잔잔히 흔들렸다. 이곳에선 혹독한 여름도, 잔혹한 겨울도, 모두 아름다운 풍경의 일부에 지나지 않을 것 같았다. 잔디 위엔 곳곳에 의미를 알아보기 어려운 조각들이 세워져 있었다. 몇몇 사람들이 조용한 공원에서 산책을 즐기고 있었다. 크고 우아한 개를 끌고 다니는 사람들도 보였다.

공원을 가로질러 주택가에 접어들었다. 단독주택들은 하나같이 잘 손질된 정원과 차고를 끼고 있었다. 하나시 중심가의 집들은 대개가 고층이었다. 값비싼 땅을 무수한 사람들이 쪼개어 나누어 살기 위해서였다. 그렇지만 이곳의 주택들은 저마다 여유롭게 넓은 땅을 차지하고 있었다. 밤이 깊어가는 골목에선 은은한 허브향이 났다. 주택 곳곳엔 갤러리와 외국어 유치원이 자리 잡고 있었다. 한밤중에도 조명을 밝혀둔 갤러리의 유리벽 너머엔 내가 이해하기 어려운 그림들이 걸려 있었다.

이곳에 모여 살고 있는 사람들은 삶의 수준도 꿈꾸는 미래도 서로 닮아 있을 것 같았다. 이들에게 불황은 먼 나라의 이야기인 것이다. 이곳 사람들은 잠자리에 들다 말고 하나시에서 실종되는 사람들의 이야기를 재미 삼아 나눌지도 모른다.

그러다 기분이 왠지 오싹해져 자신들이 공기처럼 누리는 안락한 삶을 새삼스럽게 재확인하고는 더욱 깊은 숙면에 빠져드는 것이다.

  어느새 나는 서유리가 적어준 주소지 앞에 다다랐다. 화려하고 모던한 집들 사이에서 이 집은 별달리 눈에 띄지 않았다. 아무런 장식도 기교도 부리지 않은 벽돌집이었다. 울타리 너머 정원엔 몇 그루의 나무가 형식적으로 심어져 있을 뿐이었다. 대문 앞에 멈추어 서자 누군가 지켜보고 있는 것처럼 문이 철컥 소리를 내며 열렸다. 나는 정원을 가로질러 현관문 앞에 다다랐다. 센서등 불빛 아래서 서유리의 쪽지를 펼쳤다. 그러나 현관문의 비밀번호를 입력하려던 순간 이번에도 문은 저절로 열렸다. 그렇다면 메모지에 적힌 숫자들은 무엇을 열기 위한 것일까?
  나는 집 안으로 들어섰다. 현관과 이어지는 굽어진 회랑을 통과하자 넓은 응접실이 나왔다. 검고 긴 대리석 테이블이 놓여 있을 뿐 그 밖에 가구는 보이지 않았다. 벽엔 흔한 액자조차 걸려 있지 않았다. 사람이 살고 있는 곳이라 하기엔 집 안이 싸늘했다. 응접실 왼편에 나란히 두 개의 방문이 있고, 맞은편엔 또다시 어두컴컴한 복도가 있었다.

나는 왼편부터 돌며 방문을 하나씩 열어보았다. 첫 번째 방은 침실이었다. 암막커튼이 내려와 있어 컴컴한 방 안엔 거대한 더블침대만 놓여 있었다. 두 번째 방문을 열자 그곳은 서재였다. 오래된 책들의 냄새가 났다. 나는 그 방문을 닫고 돌아섰다. 이번엔 거실과 이어진 깊은 복도를 통과했다. 그 끝의 문을 열자 지하로 향하는 나무 계단이 나왔다. 계단을 내려가 문을 열어보니 그곳은 창고였다. 이젠 사용하지 않는 것으로 보이는 오래된 전자제품들과 의자들이 먼지를 뒤집어쓴 채 놓여 있었다. 그런데 그 너머에 또 다른 문이 보였다. 문은 벽과 동일한 짙은 회색으로 칠해져 있어 눈에 잘 띄진 않았으나 나는 그것을 알아차렸다.

나는 그 앞으로 다가가 문을 가로막고 있는 길쭉한 골프채 가방을 치웠다. 가방에 쌓여 있던 먼지가 휘날렸다. 서유리는 날 이곳으로 안내한 것이다. 그것을 직감적으로 느낄 수 있었다. 긴장감 속에 문을 열자 바람이 윙윙대는 소리와 함께 곰팡내가 확 끼쳤다. 손으로 안쪽 벽면을 더듬어 스위치를 올렸다. 어두컴컴했던 그곳이 흐릿하게 밝아오며 더 깊은 지하로 향하는 계단이 드러났다. 철계단은 깊은 어둠을 향해 나선형으로 이어지고 있었다.

나는 나선형 층계를 내려가기 시작했다. 창문이 없어 햇빛

한 점 스며들지 않는 이곳은 먼지가 자욱했다. 어떻게 스며들었는지 층계 난간엔 거미줄들이 엉겨붙어 있었다. 천장 조명이 깜박거릴 때마다 층계들이 불안정하게 출렁이는 것 같았다.

끝이 없을 것만 같은 층계를 밟아 내려갈수록 나는 기시감이 들었다. 재의 사무실로 이어지는 나선형 계단을 거꾸로 내려가고 있는 기분이 들었다. 지하 5층에 다다르자 층계가 끝나고 철문 하나가 굳게 닫혀 있었다. 고개를 돌려 나선형 계단을 올려다보았다. 이곳은 재의 세계가 드리우고 있는 그림자 세계인 것만 같았다.

나는 서유리가 파란색 잉크로 새겨놓은 일련의 번호들을 철문 잠금장치에 입력했다. 그러자 문이 소리 없이 열리며 아주 낯익은 실내가 드러났다. 마호가니 책상 하나와 상담용 테이블 그리고 가죽소파. 비밀문서들을 보관한 금고를 은닉하기 위해 벽면에 걸린 거대한 산수화까지. 이곳은 재의 사무실과 흡사했다. 마치 재의 사무실을 비추고 있는 거대한 거울 안에 들어와 있는 것만 같았다. 나는 얼떨떨한 기분으로 사무실 안을 돌아다니며 모든 것들을 조심스럽게 살폈다. 비현실적인 느낌이 들었다. 나는 자연스럽게 닳아 있는 소파를 만져보았다. 그리고 책상 위에 놓인 턴테이블을 작동시켜보았다. 그러자 재가 즐겨 듣는 베토벤 교향곡이 흘러나왔다.

이 사무실을 꾸민 건 서유리일 것이다. 서유리는 어디서 이토록 비슷한 가구들을 구해놓은 것일까. 어쩌면 이 집 전부가 오로지 지하의 이곳 밀실을 가리기 위한 연막에 지나지 않을 수도 있었다. 서유리는 대체 왜 지하에 이런 공간을 꾸며놓은 것일까. 그녀의 의도를 정확히 이해할 순 없었다. 재를 죽이고자 하면서 재의 코스프레를 하고 있었다. 그러나 확실한 건 서유리가 거의 광기에 사로잡혀 있다는 것이다.

충격이 어느 정도 가시고 나자 내가 이곳에 찾아온 이유가 떠올랐다. 서유리는 여기에 오면 내가 어떤 선택을 내려야 할지 알 수 있을 거라 했다. 나는 사무실을 다시 둘러보았다. 이곳은 내가 처음 온 곳이지만, 내가 가장 잘 아는 공간이기도 했다. 게다가 익숙한 베토벤 교향곡이 흘러나오고 있었다.

어느덧 내 눈앞엔 가죽소파에 앉아 음악을 감상하고 있는 재의 모습이 떠올랐다. 그는 눈을 감고 손가락으로 제 무릎을 두드리고 있었다.

이 곡은 베토벤이 귀가 멀었을 때 작곡했던 곡입니다. 그게 무슨 의미인 줄 알겠나요?

그건 내가 스무 살이 되던 해에 재가 내게 던졌던 질문이었다. 내가 이번에도 답을 하지 못하고 있자, 재는 조소하는 듯한 웃음을 지었다. 그러더니 고개를 돌려 어딘가를 바라보았다. 그곳엔 거대한 산수화 액자가 걸려 있었다. 재는 여전히 수수께끼 같은 웃음을 지으며 날 바라보다 비누거품처럼 사라졌다.

나는 본능적으로 그 산수화 앞으로 다가갔다. 그것은 비밀금고를 은닉하기 위해 걸려 있는 그림이었다. 세상에서 오직 재만이 열 수 있는 그 문 앞에 나는 서 있었다. 나는 손을 뻗어 거대한 그림을 밀어내기 시작했다. 그 뒤에 감추어져 있던 차가운 금고는 아직 휑하니 비어 있다시피 했다. 그렇지만 한구석에 계약서가 조금 쌓여 있었다. 서유리는 이 사무실에서 재처럼 사람들과 거래를 하고 있는 것인지도 몰랐다. 그러나 내 눈을 끄는 것은 따로 있었다. 눈앞에 놓여 있는 서류봉투에는 '진우에게'라고 적혀 있었다.

나는 서류봉투를 꺼내 열어보았다. 그 안에선 여러 장의 계약서가 나왔다. 재와 낯선 자들 간에 맺은 계약서들이었다. 한 장씩 넘겨보았지만 특별할 것은 없어 보였다. 문서들은 비슷비슷했다. 그들은 저마다 위태로운 상황에서 재를 찾아왔고, 일단 급한 불을 끄기 위해 얼마간의 빚을 냈다. 그러나 그들이 예상했던 것보다 빠른 속도로 이자는 불어났고, 결국 그것을 감당하지 못한 그들은 목숨으로 빚을 가리게 되었다. 새삼스러울 게 없는 문서들이었다. 게다가 나와의 관련성을 찾기도 어려웠다.

문서를 넘길수록 점점 서유리가 내게 이것을 보여준 이유를 짐작조차 할 수 없었다. 나는 건성으로 문서를 넘기다가 거의 마지막 장에 이르러서야 멈칫했다. 그 문서엔 신동해,라고 적혀 있었다. 계약서에 따르면 신동해가 'L'이란 종합병원에서 장기를 적출당한 것은 불과 일주일도 채 되지 않았다. 이 문서들이 어쩌면 나와 무관한 것이 아닐 수 있다는 생각이 미약하게나마 들었다.

나는 이제껏 살폈던 문서들을 앞에서부터 다시 넘겨보았다. 김수환, 이명훈, 이강민…… 총 아홉 명의 이름이었다. 그리고 그들의 계약서 끝엔 모조리 L종합병원과의 거래 내역이 새겨져 있었다. 이제야 기억이 났다. 그것은 모두 재가 내게 주었던 이름이었다. 그러니까 재는 죽은 사람들의 몸뿐 아니라 이름까지도 모조리 갈취했던 것이다. 그러나 이것은 여전히 내가 재를 배신해야 하는 이유가 되진 않았다.

나는 이제 마지막 남은 문서를 확인했다. 그 문서엔 김진우, 라고 적혀 있었다. 그건 재가 오래전 새로운 이름을 주며 지워버렸던 나의 이름이었다. 나는 흔들리는 눈으로 계약서의 맨 끝을 확인해보았다. 나의 몸은 이미 L종합병원에 팔려나간 뒤였다. 나는 문서에 선명하게 새겨진 재의 서명을 보았다. 파란색 잉크로 새겨진 우아한 필체였다.

그러니까 내가 그동안 사용했던 이름의 본래 주인들 또한 언젠가 재의 밑에서 일하던 용역들이었을 거란 사실을 어렵지 않게 짐작할 수 있었다. 그들은 오직 빚이 '0'이 되는 순간을 위해 재의 지령을 수행했을 것이다. 그들 또한 새로운 이름을 받지 못할까봐 전전긍긍하면서 재의 눈 밖에 나지 않으려 노력했을 것이다. 그러나 그들이 받은 이름 중에 사실 새로운 이름은 없었다. 그들은, 아니 우리는, 서로의 이름을 맞교환하면서 점점 자유로워지고 있다는 환상에 갇혀 있었을 뿐이었다.

내가 받은 이름은 이미 희생된 누군가의 것이었고, 또다시 다른 누군가는 나의 이름을 받고 희망을 품게 될 것이다. 결국 자신 또한 언젠가 죽게 된다는 사실을 모른 채 '0'이란 환상 속에서 죽을힘을 다해 표적들을 처리했던 것이다. 이것은 재가 구축한 하나의 정교한 시스템이었다.

내가 모든 사실을 깨닫고 잠시 멍해져 있을 때였다. 휴대폰이 울리며 낯선 번호가 떴다. 재가 아닌 다른 누군가가 내게 전화를 걸어온 것은 처음이었다. 서유리였다. 나는 감정을 억제하며 물었다.

무슨 일을 꾸미고 있는 거지?

서유리는 내 질문엔 아무런 답도 하지 않았다. 다만 낮은 목소리로 이상한 이야기를 하기 시작했다. 판자촌에 한 여자애가 살고 있었어. 그 여자애는 날마다 신께 기도드렸어. 부디 이 지옥 같은 집에서 벗어나게 해달라고 말야. 그러던 어느 여름날 밤이었어. 태풍이 와서 하늘이 뚫린 것처럼 비가 쏟아지고 있었지. 여자애는 가족들과 함께 한 방에 누워 자고 있다가 무섭게 내리치는 천둥번개 소리에 잠에서 깨어났어. 그 집은 방이 하나뿐이었거든. 새아버지도, 엄마도, 그리고 여자애가 낳은 두 살짜리 아이도 모두 깊게 잠들어 있었어. 그 아이는 여자애가 새아버지에게 강제로 폭행당해 낳게 된 아이였어. 그러니까 자신의 딸이자 자매였던 거지.

여자애는 잠들어 있는 아기의 얼굴을 보고 있다가 이상한 기미를 느꼈어. 지진이 난 것처럼 집이 짧고 강하게 흔들렸지. 그러면서 천장에서부터 모래가 흘러내리기 시작한 거야. 그동안 여자애는 태풍이 몰아치는 새벽에 무너져내린 집에 깔려 죽는 사람들을 몇 번 지켜본 적이 있었어. 그런 날이면 동네 사람들은 무너진 집터에 모여들었어. 사람들은 비를 맞으며 무너진 집터를 돌고 돌며 기도해주었어. 이곳에서의 신산했던 삶을 내려놓고 이젠 좋은 곳으로 가라고. 여자애는 직감했지.

이번엔 자신의 집이 무너지려 하고 있다는 사실을 말이야. 또다시 집이 크게 휘청거렸어.

서유리는 내게 속삭이듯 물었다.

여자애는 어떻게 했을까?

내가 아무런 답변도 하지 않자 서유리는 다시 속삭이듯 목소리를 낮춰 말을 이었다.

혼자 빠져나왔어. 아무도 깨우지 않으려 발끝으로 걸어서 말이야. 신이 자신만 깨워준 거라고 생각하면서. 달아나. 지금이 기회야. 양철지붕에 쏟아지는 거센 빗줄기들이 전부 다 그렇게 속삭이고 있는 것만 같았어. 여자애는 맨발로 집을 빠져나온 뒤에 무작정 달리기 시작했어. 머지않아 등 뒤에서 단숨에 집이 무너져내리는 소리가 들렸지. 여전히 빗발이 강하게 내리치고, 벼락이 내리치는데, 이상하게도 그 순간만큼은 세상이 무섭도록 고요해진 것만 같았어. 여자애는 도망치듯 비를 맞으면서 판자촌을 뛰어내려왔어. 강 건너 어둠 속에서 T타워가 홀로 고고하게 어둠 속에서 빛나고 있었어. 마치 방금 지옥에서 빠져나온 여자애를 기다리고 있었다는 듯 말이야. 여자애는 세차게 내리치는 비에 살갗이 찢어져 너덜대는 것만 같았지. 고통스러웠지만 입술을 질끈 깨물고 그 불빛을 향해 가야겠다고 결심했어. 다신 뒤를 돌아보지 않고 앞으로만 가겠다고. 그 누구도 자신을 무너뜨릴 수 없게 하겠다고.

서유리는 잠시 침묵하고 있다가 서늘한 목소리로 말했다.

네가 있는 그곳이, 그때 무너져내렸던 집터에 지은 집이야.

지하의 서늘한 기운이 내 목덜미에 감겼다. 어디선가 아기의 울음소리가 들리는 것 같았다.

나는 날카롭게 물었다.

그래서 원하는 게 뭐야?

서유리가 말했다.

이제 알겠지만 우리가 짓밟히지 않으려면 먼저 재를 죽여야 해. 내가 바라는 건 하나야. 재를 죽여. 내일 밤이 마지막 기회야.

내가 여전히 침묵하자 서유리가 마지막으로 속삭였다.

기억해. 자유가 눈앞에 와 있어.

그 말을 끝으로 전화는 끊어졌다.

그곳에서 빠져나왔을 땐 자정이 넘은 시각이었다. 정원 잔디에 소나기가 꽂히고 있었다. 처음 이곳에 왔을 땐 평화롭게만 보였던 잔디가 이젠 다르게 보였다. 그 잔디는 이곳 판자촌에서 몰살된 사람들의 유골을 뒤덮어버린 부드러운 무덤과 다름없었다. 푸른 잔디 아래 그때 매몰되었다던 서유리 가족들의 유골이 묻혀 있을 것 같았다. 아기는 유령이 된 뒤에도 그 컴컴한 땅 밑에 갇혀 시도 때도 없이 울어 젖히고 있을 것만 같았다. 뺨에 와 닿는 바람이 선득했다. 나는 잔디를 가로질러 그곳을 빠져나갔다.

마을을 벗어나자 어둠이 내린 도로 위를 차들이 빠르게 질주하고 있었다. 트럭이 지나가며 세차게 물을 튀겼다. 어둠 속에 밝힌 헤드라이트 불빛들이 나를 후려치고 지나갔다. 도로를 건너자 발밑에서 시커멓게 강물이 흘러가고 있었다. 강 건너 먹구름이 드리운 밤하늘로 치솟은 T타워가 보였다. 환하게 불빛을 뿜어내고 있는 그것은 고압적이며 동시에 우아했다. 그날 밤 서유리가 보았던 T타워도 저런 모습이었을까. 그래서 이를 악물고 지금보다 높은 곳으로 올라가려 했던 것일까. 나신의 몸으로 바닥을 기며 카메라 플래시가 터질 때마다 벌레처럼 꿈틀댔던 그녀의 처절한 모습이 기억났다. 서유리는 누군가 자신을 짓밟으려 할 때마다 더욱 저 높은 곳을 꿈꾸었을 것이다.

T타워의 불빛을 바라보고 있는데 휴대폰이 진동했다. 재였다. 나는 자정이 넘었는데도 재에게 업무 보고를 하지 않았다는 사실을 뒤늦게 깨달았다. 이제껏 업무 보고를 하지 않은 적이 없었다. 그것은 재와 나 사이의 암묵적인 규칙이었으며, 내

가 어디에 있든 재에게 결속되어 있음을 증거하는 행위였다. 나는 경직된 목소리로 전화를 받았다.

오늘은 보고가 없군요.

재의 음성엔 싸늘함이 감돌았다.

지금 어딘가요.

재의 질문이 바로 날아드는 칼날처럼 선뜩했다. 그럴 리 없었지만 어쩐지 재가 지금 T타워의 가장 높은 곳에서 나를 내려다보고 있을 것만 같았다. 나는 바로 답변하지 못하고 머뭇댔다. 오늘 내가 무엇을 보게 되었는지를 재가 알게 되는 날에는 당장에라도 나의 목숨을 앗아갈 것이었다. 나는 누구보다 그 사실을 잘 알고 있었다. 재에게 표적으로 낙인된 이상 도망칠 수 있는 자는 없었다. 재의 시선으로부터 벗어날 수 없다면 내게 남은 방법은 하나였다. 그의 사정거리에 머물러 있되 가면을 쓰는 것. 나는 빗줄기로 온몸을 두드려 맞으며 답했다.

오늘의 업무는 무사히 마쳤습니다. 지금은 귀가 중이었습니다.

수화기 저쪽은 적막했다. 재가 침묵하고 있는 그 몇 초간이 몇 시간처럼 길게만 느껴졌다.

내게 더 이상 보고할 것은 없나요.

네. 그런 것 같습니다.

나는 가까스로 그렇게 답했다. 전화는 일방적으로 끊어졌다. 불현듯 어두운 허공을 가르며 벼락이 내리쳤다. 일순 하늘이 환하게 밝아오며 시커멓게 출렁이는 강물 위로 내리 꽂히고 있는 빗줄기들이 드러났다. 허공에서 무수한 선(線)들이 추락하고 있는 것처럼 보였다. 몰아치는 바람 속에서 환청이 들려왔다. 재의 목소리였다.

'내게 거짓을 말하고 있군요.'

나는 속으로 똑같이 대답했다.

'지금 당신도 거짓을 말하고 있다고. 아니 당신이 말한 모든 것들이 애초에 거짓이었다고.'

그랬다. 지금 하늘에서부터 무너져내리고 있는 선뜻한 빗발들은 모두 재가 나의 어두운 영혼에 깊숙이 새겨넣은 거짓의 선(線)들이었다. 재는 그동안 무지하고 나약한 나의 영혼에 거짓된 환상을 심어놓았다. 그것은 자유에 대한 약속이었다. 그러나 이제 내가 믿었던 모든 세상이 무너져내리고 나는 홀로 내동댕이쳐졌다. 그런 내 몸뚱이 위로 거센 빗줄기가 떨어지고 있었다. 그것들이 모두 날카로운 면도날처럼 내 몸뚱이를 난도질하고 있었다.

거울

 다음날 새벽 재로부터는 여느 때와 다름없이 명령이 들어왔다. 나는 재의 메시지를 오래도록 들여다보았다. 그런다고 그 뒤에 감추어진 재의 본심을 읽어낼 순 없었다. 지난밤 일이 생생한 악몽처럼 떠올랐다. 그러나 그것은 꿈이 아니었다. 아직 비에 젖은 머리는 마르지 않아 축축하게 젖어 있었다.
 나는 지령을 확인하고 자리에서 일어났다. 재가 아무 일 없었다는 듯 내게 명령을 내린다면 나 역시 아무 일도 없던 것처럼 재의 지령을 이행해야만 했다. 내가 도망칠 수 있는 곳은 그 어디에도 없었다. 우선은 시간을 벌어야 했다. 그러려면 내가 아직 쓸모 있다는 것을 재에게 확인시켜주어야 했다. 투견장에서 결코 지지 않고 돌아올 것. 나는 그렇게 속으로 되뇌었다. 어쨌든 이긴 투견은 다음 싸움을 위해 죽임을 당하지 않는 법이었다.

나는 늘 지니고 다녔던 신분증을 꺼내보았다. 신동해. 그가 죽었기 때문에 나는 살고 있었다. 그러나 나는 그처럼 되고 싶진 않았다. 어떻게든 살아남고 싶었다. 재가 내 몸을 팔아넘기고 계약서에 새겨놓은 푸른 서명이 떠올랐다. 나는 신분증을 다시 부적처럼 품고 자리에서 일어났다. 다음 표적은 33세의 의비라는 여자였다. 나는 표적을 찾아 멀리 갈 필요가 없었다. 재의 지령에 적힌 주소지에 따르면 의비란 여자는 바로 이곳 달동네에 숨어 있었다.

표적이 숨어 있는 집은, 달동네의 높은 지대에 있었다. 주홍색 슬레이트 지붕을 얹고 있는 집은 납작하게 엎드려 있는 듯 보였다. 집 뒤편으론 거대한 나무가 있었다. 밤새 내린 비로 그 나무에서 떨어져 내린 나뭇잎과 꽃잎들이 슬레이트 지붕 위에 흩어져 있었다.

나는 대문을 밀고 들어섰다. 비좁은 마당의 한쪽엔 벽돌을 이어 만든 작은 화단이 있었다. 주인이 돌보지 않은 지 오래인지 잡초만 무성했다. 처마 아래 무심히 매달아놓은 물고기 모양의 풍경이 바람에 흔들리며 소리를 냈다. 오늘이 지나면 이

동네는 철거가 시작될 것이다. 의비란 여자는 이 집에 숨어 어쩔 셈이었을까. 무너지는 집과 함께 매립될 작정이었던 것일까. 나는 신을 벗지 않고 마루에 올라섰다. 나무 문짝은 잠겨 있었지만 힘주어 당기자 속절없이 열렸다.

방문을 열자 습한 공기에 숨이 갑갑했다. 천장부터 벽을 타고 거무스름하게 곰팡이가 번져나가고 있었다. 그리고 바닥엔 기이하게도 온통 종이로 접은 꽃들이 널려 있었다. 자세히 보니 전단지나 폐지로 접은 것들이었다. 꽃들은 사실 희지 않았지만 곰팡이로 뒤덮인 방에서는 순백의 빛으로 보였다.

재가 오늘은 하나시에서부터 차량을 이용하라고 한 이유를 알 수 있었다. 여자는 그 종이꽃들 너머 휠체어에 앉아 있었다. 낯선 자가 침입했는데도 종이꽃 접기를 멈추지 않았다. 늦봄에도 회색 카디건을 입고 커다란 마스크를 쓰고 있었다. 긴 머리카락까지 내려와 여자의 얼굴은 거의 보이지 않았다. 나는 종이꽃을 밟으며 여자의 앞으로 다가갔다. 그제야 여자는 두 눈을 들어 나를 보았다. 그 눈동자엔 별로 두려워하는 기색이 없었다. 자신에게 닥쳐올 상황을 이미 예견하고 마음의 준비를 마친 것 같았다. 내가 재킷 안에서 마취제가 담겨 있는 약병을 꺼내려 하는데, 여자는 내 손목을 붙잡으며 나지막이 말했다. 담담한 목소리였다.

여기 너무 오래 갇혀 있었어요. 죽기 전에 한 번이라도 바깥을 보고 싶어요. 부탁이에요.

나는 당혹감을 느끼며 의비의 눈을 쏘아보았다. 이제껏 누군가 내 손을 그렇게 무람없이 잡은 적은 없었다. 표적들은 나를 보자마자 바들바들 떨며 숨조차 제대로 쉬지 못하기 마련이었다. 그들은 흔한 저항조차 해보지 못하고 내가 건넨 치사량의 약을 받아먹었다. 여자는 죽음 따위는 이제 전혀 두렵지 않은 것일까. 아니면 무슨 꿍꿍이를 감추고 있는 것일까. 나는 그녀의 손을 떼어놓으며 싸늘하게 답했다.

허튼 수작 부리면 그땐 바로 죽일 겁니다.

그러나 그녀의 눈동자엔 무력감을 넘어 초연함이 엿보였다. 그랬기에 나는 담담히 약병을 다시 주머니 안에 넣어두었다. 여자가 저항하지 않을 거란 확신이 들었다.

나는 휠체어를 밀어 밖으로 나갔다. 삼거리 버스정거장에 대포차가 준비되어 있다고 했다. 휠체어를 밀며 비탈길을 내려가는데 빈집들의 대문 너머에서 개들이 짖어대는 소리가 들려왔다. 한 개가 짖기 시작하면 또 다른 개들이 전염되듯 짖어댔다. 사람들이 마을을 떠나며 버리고 간 개들이었다. 그들은 개들을 굳이 사슬에 묶어두고 떠났다. 덕분에 개들은 여전히 목에 사슬이 묶인 채 물 한 모금 마시지 못하고 맹렬히 짖어대며 죽어가고 있는 중이었다.

삼거리의 버스정거장에는 예정대로 낡은 대포차가 세워져 있었다. 나는 먼저 의비를 조수석에 앉히고 운전석에 앉았다. 차를 출발시켰다. 차창 밖으로 오늘 밤이 지나면 완전히 먼지가 되어 사라질 마을의 집들이 멀어져갔다. 의비는 말없이 창문을 내리고 바깥을 내다보고 있었다. 마을을 벗어나고 난 뒤에도 의비는 미련이 남은 듯 오래도록 뒤를 돌아보았다.

도로는 차들로 붐볐고, 강변의 빌딩들은 무심히 햇빛을 튕겨내고 있었다. 그녀가 숨죽여 바라보고 있는 도시의 풍경은 평소와 다를 바가 없었다. 신문사와 관광호텔이 모여 있는 광장 분수대는 물줄기를 뿜어내고 있었다. 분수대 근처의 푸른 잔디 위에선 아이들이 뛰어놀았다. 그리고 멀리 하나시 어디에서나 보이는 T타워가 햇빛 아래 환영처럼 높이 치솟아 있었다.

도시를 벗어나 고속도로 톨게이트에 들어섰다. 이제 하나시의 풍경은 빠르게 등 뒤로 멀어지고 있었다. 의비란 여자는 내게 아무것도 묻지 않았다. 자신을 어디로 데려가고 있는 거냐고. 자신을 죽일 거냐고. 묻지 않았다.

평일 고속도로는 한적한 편이었다. 간혹 육중한 화물 트럭이 지나갈 때마다 지축이 흔들렸다. 밤새 비가 내린 탓에 하늘은 맑았고 도로를 따라 이어지는 산들은 봄이 깊어가며 그동안 상실했던 녹음을 빠르게 되찾아가고 있는 중이었다. 세상은 언제나 그렇듯 한 사람이 죽음을 향해 내달려가며 느끼고 있을 두려움과 고독함 따위엔 냉담했다.

●

 두 시간쯤 달렸을 때 버려진 도시의 형체가 드러나기 시작했다. B구역의 경계를 넘어서는데 때가 탄 현수막이 허공에 펄럭였다. 사월의 축제를 기념하고 있는 현수막의 날짜는 5년 전에 멈춰 있었다. 깨진 보도블록 틈새로 웃자란 잡초들은 하루 만에 더욱 무성해진 것 같았다. 도로가 꺼져 내린 곳마다 빗물이 고여 깊은 웅덩이가 되어 있었.

 하천을 가로질러 공장지대로 들어서자 시야가 온통 시커멓게 물들었다. 이곳은 재난이 닥쳤던 그날 그 시간 속에 봉인되어 있었다. 그때 사람들이 내질렀던 비명과 절규 소리가 허공을 맴도는 것만 같았다. 나는 지옥 같은 풍경 속을 내달리다 잠시 멈추었다. 전봇대가 도로를 가로막고 쓰러져 있었다. 그것을 피해 가기 위해 인도 쪽으로 차를 후진했다. 차의 후면이

유리벽이 깨지고 없는 맥도날드 매장 안으로 미끄러져 들어갔다. 불탄 매장의 플라스틱 의자들이 바닥을 긁는 소리를 내며 밀려났다. 그곳을 빠져나가는데 불에 타 얼굴이 녹아내린 로널드 마네킹이 기괴한 웃음을 흘리며 우리를 향해 손을 흔들고 있었다.

나는 깨진 보도블록 위를 달려서 한때 시장이었던 골목으로 들어섰다. 하늘을 가리고 있던 천막과 전깃줄들이 모조리 불에 타 시커멓게 엉겨붙어 있었다. 암흑의 터널 속으로 빨려 들어가는 기분이었다. 원래의 형체를 알아볼 수 있는 것은 남아 있지 않았다 유리창이 있던 사리는 모두 시커멓게 비어 있었다. 그런데 이제껏 침묵하고 있던 의비가 불쑥 말하기 시작했다.

여기 이쯤에서 친구랑 감귤 주스를 사 마신 적이 있어요.

의비는 내가 묻지도 않았는데 혼자 말을 이었다.

친구가 여기 공장에서 근무를 했거든요. 친구를 만나러 여기 내려왔었어요.

의비는 잿더미 속에서 아직 건재한 물건들을 건져내듯 추억을 곱씹고 있던 모양이었다.

감귤을 쌓아놓고 착즙기에 갈아주는 가게였어요. 아주머니가 설탕을 듬뿍 넣어서 아주 달았어요.

의비가 잠시 뒤에 혼잣말하듯 말했다.

친구는 단 걸 참 좋아했거든요.

차가 시장 골목을 빠져나오는데 의비가 아쉬운 듯 뒤를 돌아보았다.

공장지대를 벗어나 우측으로 달렸다. 길가엔 과수원이 이어지고 있었다. 과실나무들은 사람의 손을 타지 않은 지 오래라 가지들이 제멋대로 뻗어나가 있었다.

의비란 여자는 또다시 기억을 더듬으며 말했다.

그날 산속에 있는 사찰에서 축제가 열렸거든요. 금붕어를 계곡에 방류하는 행사도 했어요. 붕어를 살려주고 나면, 극락에 가게 될 거라고 그러더군요.

나는 의비의 얼굴을 흘끗 쳐다보았다. 여전히 마스크로 얼굴의 반을 가리고 있었지만 의비가 희미하게 웃을 때마다 콧잔등에 잔주름이 잡혔다.

이상한 여자였다. 의비는 폐허가 된 곳에 와서 오히려 생기를 띠고 있었다.

등산로 초입에 차를 세운 뒤 나는 주머니에 있는 폴딩나이프를 꺼내 들었다. 지난날 숲에서 보았던 허공의 시체들이 떠올랐다. 그리고 나무 뒤에서 이쪽을 바라보고 있던 식인귀의 섬뜩한 표정이 잊히지 않았다. 나는 칼을 휘둘러 날을 펴보았다. 머릿속이 복잡했다. 지금 어디냐고 물었던 재의 서늘한 음성과 재를 죽여야 자유가 온다고 말하던 서유리의 음성이 교차되어 떠올랐다. 칼날은 오늘따라 주저하는 빛을 띠고 있는 것 같았다.

의비는 내가 쥐고 있는 칼을 보고도 의연하게 말했다.

마지막으로 부탁이 있어요. 혹시 나를 사찰까지만 데려다줄 수 있나요?

나는 칼날을 접으며 의비를 돌아보았다. 의비란 여자는 이세껏 내가 만났던 어떤 표적들과도 달랐다. 내게 자신의 추억을 이야기하는 것도 이상했는데, 이제는 마지막 소원을 들어달라는 듯 나를 신뢰하는 눈빛으로 바라보고 있었다. 여러모로 거추장스러웠다. 차라리 다른 표적들처럼 겁에 질려 소리를 지르거나 도망가려 하면 좋겠다는 생각이 들었다. 나는 차에서 내린 뒤에 조수석 문을 열고 냉소적인 목소리로 말했다.

업히세요. 여기서부턴 휠체어가 못 들어갑니다.

의비가 쓸쓸한 눈빛으로 내 발끝을 내려다보며 말했다.

그곳에서 마지막으로 속죄를 하고 싶었어요.

나는 답하지 않고 뒤돌아 무릎 하나를 땅에 대고 앉았다. 잠시 뒤에 의비의 두 팔이 내 목을 감았다. 곧이어 의비의 몸이 내 몸에 실렸다. 무릎을 펴고 일어났다. 나는 묵묵히 걸음을 옮겨 등산로로 들어섰다. 비에 젖은 흙냄새가 났다.

나뭇가지마다 얽혀든 넝쿨이 허공에서 너울댔다. 몇 번을 굽이돌자 경사가 가팔라졌다. 의비는 제 무게를 줄여보려는 듯 내 등에 더욱 바짝 매달렸다. 이토록 협조적이라니. 이 여자는 이 길의 끝이 죽음이라는 사실을 정말로 알고는 있는 것일까. 왜 살려달라고 비명을 지르지 않는 것일까. 왜 도망치려고 바닥을 기지 않는 것일까.

잠시 뒤 의비는 또다시 입을 열었다.

이 도시가 폐쇄된 지 사흘째 되던 날이었어요. 뉴스에선 화학공장들이 불에 타며 유독가스를 내뿜고 있어 도시를 폐쇄조치 한다는 보도가 연일 흘러나오고 있었거든요. 그런데 사흘 동안 아무리 연락해도 받지 않던 친구에게 갑자기 전화가 걸려왔어요. 다친 데는 없냐고 묻는데 친구는 질문엔 답이 없고 정신없이 계속 이상한 말만 했어요.

의비가 목소리를 낮춰 말했다.

화학공장에 불이 난 건 사고가 아니라고요. 공장 사람들이 부당해고에 맞서 시위를 했고, 그 시위를 진압하던 군인들이 불을 낸 거라고요. 불이 걷잡을 수 없이 번지고 있는데, 아무도 불을 끄러 오지 않는다고요. 식량이랑 물도 다 떨어져가는

데 아무런 보급 물자도 지원되지 않고 있다고요. 친구가 핸드폰 배터리가 얼마 없다면서 다급하게 말했어요. 자기들은 버려진 거 같다고요. 아무래도 그런 것 같다고요.

의비는 그 말을 끝으로 잠시 입을 다물었다.

나는 언제 어디서 나타날지 모르는 식인귀를 경계하느라 의비의 말에 귀 기울일 수 없었다. 내 숨소리조차 다스리며 주위에서 발생하는 작은 소리와 움직임도 기민하게 살폈다. 그렇지만 의비를 들쳐 업고 가는 터라 내 몸은 평소보다 민첩할 수 없었다.

경사진 산길을 끝없이 오르며 이마와 등판에 땀이 맺히고 숨이 가빠올 무렵이었다. 등 뒤에서 잔가지 부러지는 소리가 들려왔다. 작은 동물이 지나가며 낸 소리라고 하기엔 제법 묵직한 소리였다. 본능적으로 무언가 이쪽을 노리고 있는 느낌이 들었다. 예감이 좋지 않았다. 나의 신경은 온통 등 뒤를 향해 있었다. 그렇지만 나는 여전히 아무것도 눈치채지 못한 것처럼, 태연하게 속도를 유지했다. 때를 기다려야 했다. 거대한 느티나무가 서 있던 공터가 떠올랐다. 맞붙어 싸워야 한다면 그곳이 적당할 것 같았다. 나는 그쪽을 향해 긴장된 걸음을 옮겼다.

너른 공터에 다다랐다. 계곡 위에 놓인 아치형 돌다리의 난간은 오늘도 까마귀들의 차지였다. 까마귀들은 종종 소름 돋는 울음소리를 내지르고 있었다. 나는 공터를 가로질러 아치형 돌다리에 올라섰다. 중간쯤에 멈추어 의비를 바닥에 내려놓았다.

무슨 일이죠?

의비가 소스라친 얼굴로 날 올려다보았다. 나는 대답 없이 돌아섰다. 방금 지나온 공터에 서 있는 나무엔 푸른 잎들이 맹렬하게 돋아나고 있는 중이었다. 피할 수 없다면 처리하고 가는 것이 옳았다. 습격의 형태로 뒤에서 공격을 당한다면 그땐 늦을 수 있었다.

나는 왔던 길을 되짚어 공터로 돌아갔다. 이제 식인귀와 마주하게 될 것이다. 온몸에 수포가 돋아나고 살이 녹아내린, 흉물스럽고 악취 나는 괴물의 형체가 떠올랐다. 긴장감으로 입 안이 바짝 타들어갔다. 마침내 거대한 나무 둥치 뒤에 몸을 숨기고 있던 존재가 모습을 드러냈다. 그런데 뜻밖에도 내 눈앞에 나타난 것은 식인귀가 아니었다. 나는 그의 평범한 인상에 흠칫 놀랐다. 키만 훌쭉하게 큰 남자는 깡마른 체격에 양 볼이 움푹 패어 있었다. 굶주린 승냥이의 얼굴이었다.

나는 폴딩나이프를 휘둘러 칼날을 뽑아냄과 동시에 자세를 바짝 낮췄다. 서늘한 바람이 귀를 스치고 지나갔다. 이 자는 누구일까? 그런 생각을 하고 있는데, 그 역시 칼을 꺼내 들었다. 그것은 나와 동일한 기종의 폴딩나이프였다. 순간 마음이 흔들렸다. 쟤는 내게 그 칼을 건네며 지금은 단종되었지만 그것이 가장 무던하고 편하다고 말했었다. 나는 그의 얼굴을 새삼스레 노려보았다. 음울한 얼굴, 감정이 메마른 눈동자. 끝없이 누군가를 처리하며 살아남은 자의 모습이었다. 마치 거울을 보고 있는 것만 같았다.

사내가 내게 정면으로 돌진해 들어오며 나이프를 휘둘렀다. 나는 순간 몸을 틀어 우측으로 빠져나갔다. 그렇지만 이미 팔뚝이 불에 덴 듯 뜨거웠다. 내 오른 팔뚝이 금세 피로 얼룩졌다. 내 몸에서 떨어지는 피로 공터의 흙이 붉게 물들고 있었다. 물어라! 물어라! 돈을 건 사내들의 추악한 음성이 내 머릿속을 뜨겁게 울렸다. 호흡이 가빠지며 식은땀이 흘렀다. 까마귀들이 피 냄새를 맡은 듯 비명을 내지르며 몰려들었다. 그것들은 예정된 죽음을 더욱 가까이서 지켜보려는 듯, 공터의 나뭇가지에 내려앉았다.

그의 칼날이 번뜩이며 정면에서 다시금 날아들고 있었다. 이번에도 나는 가까스로 몸을 피했다. 그는 죽음 따윈 두렵지 않다는 듯 사정거리로 깊숙이 침입해 들어오며 칼을 거침없이 휘둘렀다. 내 머릿속엔 그 지긋지긋한 환호성 소리가 끝없이 높아져만 가고 있었다. 둘 중 하나가 죽기 전까진 그치지 않을 싸움이라면, 내가 죽을 순 없었다. 나는 피하느라 급급했던 정신을 다잡고 그의 움직임을 계산했다. 그는 두려움 따위는 느끼지 못하는 사람처럼 자신을 방어하지 않고 칼을 큰 폭으로 휘두르고 있었다. 그 덕에 잠깐씩 빈틈이 발생하고 있었다. 나는 그의 칼날이 또다시 날아오길 기다렸다 몸을 뒤로 살짝 뺐다. 그가 이번에도 큰 폭으로 칼을 휘두른 뒤 그 반동으로 팔을 뒤로 깊게 빼는 순간, 나는 날렵하게 틈새를 비집고 들어가 그의 옆구리를 칼로 깊이 베었다.

그는 쥐고 있던 칼을 놓쳤다. 나는 그 틈을 놓치지 않고 그의 몸을 밀어붙여 느티나무에 내다꽂다시피 했다. 그러고는 칼날을 가로로 눕혀 그의 갈빗대 틈새에 가져다 댔다.

너는 누구야.

나는 이미 그 답을 알고 있었다. 그래도 확인해야만 했다. 그래야 지금 나의 망설임을 끝낼 수 있었다.

재가 보낸 건가?

그의 동공이 흔들렸다. 그는 아무 말도 하지 않았지만 나는 그의 눈동자에서 답을 읽을 수 있었다. 나는 망설이지 않고 그대로 칼날을 밀어넣었다. 칼날은 그의 몸에 깊숙이 스며들었다. 내 손등을 타고 진득한 핏물이 흘러내렸다. 진동하던 사내의 동공이 멈췄다.

극도의 긴장감이 풀어지며 부상 입은 팔뚝에서 뜨거운 쓰라림이 느껴졌다. 사내의 몸에서 휴대폰 진동이 울리기 시작했다. 나는 나무에 기댄 채 죽어 있는 사내의 몸을 뒤져 휴대폰을 꺼냈다. 역시 내 것과 동일한 기종의 대포폰이었다. 거기엔 방금 전 들어온 메시지가 있었다.
처리되었는지 확인 바람.
재였다. 나는 피가 잔뜩 묻은 손가락을 움직여 문자를 적었다.
처리 완료함. 16:45.
그러자 사내의 남은 빚의 액수가 전송되어 왔다. 나는 피로 범벅된 휴대폰을 바닥에 던졌다. 죽은 사내는 나무에 기대 앉아 멀리 풍경을 바라보고 있는 것처럼 보였다. 나는 한쪽 무릎을 꿇어앉아 마지막으로 사내의 얼굴을 바라보았다. 여전히 거울을 바라보고 있는 기분이 들었다. 그의 멈춘 눈동자는 '0'을 갈망하고 있는 것처럼 보였다. 그러나 나는 사내에게 아무리 노력해도 끝내 '0'에 도달할 수는 없을 거라고 알려줄 수 없었다. 그가 죽었기 때문에 나는 살았다. 그러나 그 반대가 되었을 수도 있었다. 나는 손을 뻗어 사내의 눈꺼풀을 닫아주었다.

뒤돌아보자 의비는 돌다리에 앉아 이쪽을 바라보고 있었다. 그녀의 눈동자에 공포가 어려 있었다. 이제 그녀를 죽일 이유가 없었다. 이미 나는 재로부터 죽임을 당한 존재였다. 재의 임무를 수행할 필요가 없어진 것이다. 나는 공터를 벗어나 그녀에게 다가가서 말했다.

나는 이제 돌아가려 합니다. 당신을 다시 하나시까지 데려다줄 순 있습니다.

의비는 마스크를 벗었다. 그동안 가리고 있던 얼굴이 드러났다. 흉터는 없었다. 안색이 노르스름했고 깊게 갈라진 입술에 피가 굳어 있었다.

저는 여기에 남겠어요.

다리 위에 앉은 까마귀들은 검은 눈동자를 빛내고 있었다. 다가올 일들까지도 모조리 투영하고 있는 듯했다.

이곳은 예전에 당신이 친구와 놀러 왔던 그 평화로웠던 산이 아닙니다.

그런데도 그녀는 흔들림이 없어 보였다. 이대로 하나시에 돌아가봐야 또다시 누군가에게 죽임을 당하게 될 거라고 여기는 것 같았다. 그녀의 생각이 틀린 것은 아니었다. 게다가 그녀의 집은 이제 곧 철거 작업으로 무너질 것이었다. 나는 주머니 속에서 약병을 꺼냈다. 그것을 의비에게 건네며 말했다.

세 알을 삼키면 1분 안에 심장이 정지될 겁니다. 고통은 짧을 겁니다.

인사말 따위는 하지 않고 나는 돌아섰다. 잘 있으란 말도, 또 보잔 말도 모두 우스울 뿐이었다. 그런데 의비가 내 등 뒤에 대고 또다시 그 특유의 밝은 음색으로 말했다.

고마웠어요.

나는 쓴웃음을 지으며 그녀를 돌아보았다.

이런 지옥에 버리고 가는데 고맙다니요.

그러자 의비가 무언가 회상하고 있는 듯한 표정으로 말했다.

내겐 그곳이 더욱 지옥이었어요.

의비는 그 말을 끝으로 웃어 보였다. 입술 끝이 떨렸다.

돌아나가는 길엔 산속 나무들의 그림자가 더욱 깊어진 것 같았다. 임시로 지혈해놓은 팔뚝에선 피가 멈추지 않고 새나왔다. 나는 오솔길에 쓰러져 있는 검은 고목을 타 넘고, 땅 위로 치솟은 바위의 틈새를 밟아 산을 내려왔다. 오를 때와 달리 빠른 속도로 내려가고 있었다. 곳곳에 이름을 알 수 없는 흰 꽃들이 수없이 피어나 있었다. 산을 다 내려온 뒤에도, 의비의 목소리는 내 귓가를 떠나지 않고 맴돌았다.
　내겐 그곳이 더 지옥이었어요.

계단

 늦은 밤 철거를 앞둔 달동네는 소란스러웠다. 동네 어귀엔 집들을 무너뜨릴 중장비들이 도착하고, 손전등을 밝혀 든 인부들이 골목마다 돌아다니며 마지막 점검을 하고 있었다. 포클레인들은 허공에 아가리를 벌리고 금방이라도 허름한 집들을 밀어버릴 태세를 갖추고 있었다. 마지막까지 짖어대던 개들의 소리는 더 이상 들리지 않았다. 개들은 뜬장에 갇혀 보호소 트럭에 실려갔다. 아마 사흘 안에 전부 안락사당할 것이다.
 나는 인부들이 밝혀 든 불빛을 피해 마을 꼭대기까지 올라왔다. 교회 건물에 몸을 숨기고 때를 기다리고 있었다. 예배당은 휑하니 비어 있었다. 사람들이 기도하던 긴 나무 의자들은 사라졌고, 벽에 걸려 있던 십자가도 떼어진 뒤였다. 십자가가 매달려 있던 자리만 희었다. 이곳에 숨어든 지 얼마쯤 시간이 지났을까. 밖에서 순찰을 다니고 있는 사람들의 목소리가 들려왔다. 그러나 교회의 유리창을 불빛이 훑고 지나갔을 뿐, 그들은 교회 깊은 곳까지 들어와보진 않았다. 순찰은 형식적일 뿐이었다.

주위가 잠잠해지길 기다렸다가 교회 문을 열고 밖으로 나왔다. 바짝 마른 바람이 불고 있었다. 이제 동이 트면 부서지기 시작할 달동네는 달빛 아래 고요했다. 비탈면 아래 등대처럼 솟은 건물이 보였다. 오래전 일본인이 지어놓고 갔다는 저 기묘한 건물도 다음날이면 부서져내릴 것이다. 서유리의 말이 틀리지 않았다면, 재는 지금도 그곳에 남아 있을 것이었다.

나는 비탈면을 내려가 등대 모양의 건물 앞에 멈추어 섰다. 고개를 들어올려 재의 사무실 창문을 확인했다. 컴컴했다. 나는 조용히 건물의 유리문을 밀고 들어갔다. 재의 사무실을 향해 나선형 계단이 뱀처럼 구불대며 뻗어나가 있었다. 유리창으로 스며드는 달빛에 철책들이 희미하게 번들거렸다. 이곳은 재가 법의 사각지대에 쳐놓은 거대한 거미줄이었다. 세상에서 떠밀린 무수한 사람들이 이 거미줄에 걸려들었다. 그들은 재의 사무실에서 계약서에 서명을 했고 그 대가로 목숨과 삶을 저당 잡혔다. 재는 세상의 가장자리에서 피를 빨아먹으며 중심가를 향해 거대한 세력을 키워나갔다. 그리고 마침내 이 무너진 땅에 자신만의 빛나는 타워를 세울 준비를 하고 있었다.

 나는 그림자처럼 소리 없이 층계를 올라가며 귀를 바짝 기울였다. 저 높고 컴컴한 어둠에서부터 미세하게 음악 소리가 새나오고 있었다. 재가 혼자 있는 시간이면 즐겨 듣는 베토벤 교향곡 3번이었다. 나는 익숙한 선율을 들으며 생각했다. 서유리의 말은 틀리지 않았다. 재는 최후까지 사무실을 지키고 있었다. 재는 지난 수십 년간 어둠 속에서 칼을 벼려왔던 이곳이 무너지는 소리를 듣기 위해 기다리고 있었다. 자신의 제국을 새롭게 건립하기 전날의 전야제를 홀로 조용히 축복하고 있는 것이다.
 층계를 거의 다 올랐을 때 나는 고개를 돌려 저 아래 고인 어둠을 내려다보았다. 고작 5층밖에 되지 않는 건물이었지만, 층간의 간격이 매우 벌어져 있어 어둠은 제법 깊었다. 비좁은 건물 안에 갇힌 바람이 웅웅대고 있었다. 마치 원귀들이 울부짖고 있는 것만 같았다. 저 어둠 속에서 원귀들의 손이 뻗어나와 나의 발목을 잡아채 끌어내리려는 것만 같았다. 너도 이 나락으로 떨어지라고. 두 팔 벌려 환영한다고 속삭이고 있었다. 아직은 아니야. 또다시 왈칵 피가 흐르는 팔뚝을 붙잡으며 나도 모르게 그 어둠을 향해 중얼거렸다.

 나는 사무실 문 앞에 다다랐다. 여기까지 오는데 아주 먼 길을 돌아왔다는 생각이 들었다. 문을 열고 들어가자 재는 가죽 소파에 몸을 기대고 앉아 있었다. 재는 오늘도 프랑스 공예품처럼 머리끝부터 발끝까지 완벽한 모습이었다. 뒤로 쓸어 넘긴 검은 머리카락은 한 올도 흐트러짐이 없었고, 이마에서 콧등까지 내려오는 선은 부드러웠다. 그리고 그의 앞 테이블에는 무수한 계약서들이 여러 개의 탑처럼 쌓여 있었다. 재는 오늘 과거의 문서들을 전부 불태우고 이곳을 떠날 계획이었던 것 같았다. 나는 재의 섬세한 손가락에 쥐어진 은제 라이터를 보았다.

 단꿈에서 깨어난 듯 재가 지그시 감고 있던 눈을 떴다. 나는 다갈색에 가까운 재의 눈동자를 보았다. 날 바라보는 그의 눈동자가 잠시 혼란스러워 보였다. 그의 입장에선 이미 몇 시간 전 B구역에서 시체가 되었을 존재가 눈앞에 서 있는 것이다. 그러나 재는 입가에 희미한 웃음을 띠며 눈을 감았다. 다만 손가락을 입술에 가져다 대며 음악 감상을 방해하지 말아달라는 듯 엄중한 표정을 지었다.

 나는 조용히 그의 맞은편에 앉았다. 그러고는 음악이 끝나기를 기다렸다. 재가 이 세상에서 마지막으로 듣는 음악이 될 것이기 때문이었다. 그의 얼굴은 언제나 그렇듯 내가 기억하고 있던 것보다 아름다웠다. 견고하고 부드러운 선들이 아슬아슬하게 균형을 맞추고 있는 것만 같은 느낌이었다. 그러나 이제 나는 그가 두렵지 않았다. 그의 이마에 잡히기 시작한 주름들과 희끗한 머리를 보았다. 재 역시 평범한 인간일 뿐이었다. 살과 피를 가진 그런 인간.

선율이 고조되고 있었다. 음악은 절정으로 치달았다가 소멸을 향해 내달렸다. 마지막 여운까지 놓치지 않고 새겨들은 재가 눈을 떴다. 그리고는 축축해진 눈으로 내가 테이블 위에 올려둔 폴딩나이프를 지그시 내려다보았다. 칼날엔 닦아내지 않은 피가 굳어 있었다. 재는 이런 상황이 처음이 아니었던 듯 차분하게 말했다.

이런 행동은 본인에게 전혀 도움이 되지 않습니다.

재가 자리에서 일어나더니 창가로 다가갔다. 재가 암막 블라인드를 열자, 강 건너 불빛이 휘황한 하나시가 보였다. 어둠 속에 T타워가 우아한 자태로 솟아 있었다. 깊은 밤에도 세상을 굽어보고 있었다. 재가 도시를 내려다보며 복받치는 감정을 억누르는 목소리로 말했다.

암흑에 있어본 사람만이 세상에서 가장 환한 곳을 찾을 수 있는 겁니다. 그것은 귀가 먼 작곡가에게 비로소 위대한 선율이 들려오는 것과 같은 이치인 거지요. 그동안 자신을 현혹하던 소리를 버리니, 그제야 진실된 소리를 들을 수 있었던 겁니다.

재가 숨을 고르더니 말했다.

생각해보십시오. 우리는 그동안 왜 이토록 어두운 밑바닥을 지키고 있던 것일까요. 그건 우리가 그날들을 참고, 또 참으면 결국엔 세상에서 가장 환한 곳으로 갈 수 있단 사실을 알고 있었기 때문입니다.

재는 날 돌아보더니 엷은 웃음을 띠며 말을 이어나갔다.

나는 그동안 이 재개발 지구의 지분을 사 모았습니다. 나는 수십 년을 변함없이 고통을 인내하며 모든 걸 감수했습니다. 우린 컴컴한 곳에서 남들이 미처 보지 못하는 것을 미리 내다보고 있었던 거지요.

재가 손목시계를 확인하더니 설레는 음성으로 말했다.

이제 몇 시간이면 드디어 이곳이 무너지겠군요.

재는 아름다운 선율을 듣고 있듯 지그시 눈을 감았다. 그러곤 죄인을 용서하겠다는 듯 관대한 말투로 말했다.

곧 우리가 맞이하게 될 세상을 이해할 수 있다면 절대 후회할 일은 저지르지 않을 거라 믿습니다. 인내한 자만이 자유를 누릴 수 있는 거니까요.

나는 테이블 위에 올려두었던 칼을 집어 들고 자리에서 일어나 재에게 다가갔다. 서늘한 칼날을 재의 턱 아래에 바짝 가져다 댔다. 그러나 재는 아랑곳하지 않고 냉소적인 목소리로 말했다.

지금 나를 향하고 있는 칼날은 결국 모든 걸 베어버리게 될 겁니다. 심지어 당신이 그토록 바라는 '0'으로 가는 길 또한 사라지겠지요. 그러니 이제 그만 칼날을 거두세요.

벼랑 끝에 내몰린 무수한 사람들이 그의 말을 믿었을 것이다. 당신은 이 세상에 빚을 졌으니 노예로 살아야 하고, 그 빚을 다 갚으면 해방될 수 있다는 말. 그러나 나는 더 이상 그 말을 믿지 않았다. 이 세상에서 나 같은 사람에게 끝은 오지 않는다. 언젠가 자유가 온다는 그 말은 나같이 순진한 사람들을 노예로 부리기 위해 재와 같은 사람들이 지어낸 허울 좋은 명분일 뿐이다.

나는 그대로 재의 몸을 문 밖으로 끌고 나가 나선형 층계의 난간까지 밀어붙였다. 재의 등 뒤에서 그동안 그가 밟고 서 있던 암흑이 이젠 그를 집어삼키기 위함인 듯 아가리를 벌리고 있었다. 아직도 건물 안을 빠져나가지 못하고 있던 바람들이 귀기 서린 소리를 내고 있었다. 재가 슬픔이 묻어나는 목소리로 말했다.

무모한 사람이 되어버렸군요.

나는 더 이상 망설이지 않고 그의 목에 칼날을 깊숙이 찔러 넣었다. 재의 눈동자가 크게 벌어짐과 동시에 그의 목에서 뜨거운 피가 솟구쳐 내 얼굴에 튀었다. 피가 튀어 붉게 물든 재의 입가에 예의 조소하는 듯한 미소가 떠올랐다. 그 웃음은 마치 나를 조롱하고 있는 것 같았다. 나는 그를 힘주어 밀었다. 그 반동으로 녹이 슬어 헐겁게 매달려 있던 철난간이 부서져 나가 먼저 저 어둠 속으로 추락했다. 내가 붙잡고 있는 재의 몸이 비스듬히 허공 쪽으로 기울었을 때였다. 재가 나를 향해 쉰 목소리로 속삭이듯 말했다.

당신은 결국 '0'에 도달하지 못했군요. 고작 서유리라는 그 천박한 여자에게 넘어갔기 때문이겠죠.

나는 막 놓아버리려 했던 그의 몸을 다시 완강하게 잡아채 끌어올렸다. 나는 온 힘을 다해 그를 붙잡고 그의 눈을 바라보며 말했다.

나는 이제 그 말을 믿지 않습니다.

그러자 재가 입가를 비틀어 묘하게 웃었다. 그러더니 그는 제 목에 꽂혀 있는 칼을 자신의 두 손으로 더욱 깊이 찔러넣었다. 나는 당혹감에 그를 붙잡고 있던 손을 놓쳤다. 그의 몸이 급격히 기울었다. 재는 순식간에 시야에서 사라졌다. 재가 짓밟고 있던 어둠은 영원한 허기에 시달리는 입처럼 그를 집어삼켰다.

　수십 년 동안 그곳을 지켰던 주인이 사라졌음에도 재의 사무실은 그대로였다. 창밖 도시의 야경을 나는 새삼스럽게 바라보았다. 멀리 T타워가 모두가 잠든 도시에서 여전히 빛나고 있었다. 시간이 얼마 남지 않았다. 이제 날이 밝아오면 철거가 시작될 것이다. 오직 재의 목에 칼을 꽂겠다는 일념하에 나는 여기까지 올 수 있었다. 재를 처리하고 나자 급격하게 의식이 흐려졌다. 부상 입은 팔이 뻣뻣하게 굳어가며 손끝의 감각이 둔감해지는 기분이었다. 나는 주먹을 쥐었다 펴보았다. 팔의 상처를 지혈해두었던 천 조각을 어금니로 더욱 단단히 끌어당겼다.

　흐릿해지려는 의식을 잠시 더 붙잡아둘 필요가 있었다. 나는 재의 사무실 한구석에 차려진 바 트레이로 다가갔다. 재가 즐겨 마시던 각종 위스키들이 남아 있었다. 유리잔에 위스키를 부어 단숨에 들이켰다. 돌아서서 테이블 앞으로 갔다. 재가 문서 더미 위에 내려놓은 은제 라이터를 집어 들다가 멈칫했다. 그가 마지막으로 살펴보다 내려놓은 듯 보이는 낡은 문서엔 익숙한 사진이 부착되어 있었다. 어깨까지 내려오는 까만 머리에 아무런 의욕도 남아 있지 않은 눈동자. 스무 살 때의 서유리였다.

문서는 오래전에 작성된 것인지 누렇게 변색되어 있었다. 나는 거기에 빛바랜 파란 잉크로 새겨진 서유리에 대한 기록들을 읽었다. 계약서에 따르면 서유리는 열여덟에 처음 이곳을 찾아와 빚을 졌다. 서유리는 그 빚을 갚기 위해 재의 용역이 되었다. 내가 서유리를 감시했던 그때, 서유리도 재의 지령을 수행하고 있던 중이었다. 그것은 윤 대표란 사람을 감시하는 일이었다. 나는 윤 대표의 카메라 셔터 앞에서 피 칠갑을 하고 나신으로 바닥을 기던 서유리의 모습을 떠올렸다. 10년이 지나 서유리가 서른이 되던 해에 무슨 일이 있었던 건지 서유리는 윤 대표와 회사의 공동대표로 나란히 등록되었다. 더 이상의 새로운 일은 기록되지 않고 있었다. 연도별로 간략하게만 축약된 문서였다. 그러나 문서에 적혀 있는 사실들보다, 그곳에 적혀 있지 않은 것에 진짜 서유리의 삶이 담겨 있을 것이었다.

그리고 낡은 문서 뒤엔 새로 첨부된 계약서가 있었다. 새것처럼 뻣뻣한 계약서엔 최근에 서유리가 재와 새로 맺은 계약이 적혀 있었다. 불과 한 달 전, 서유리는 재를 찾아왔다. 이번엔 채무자가 아닌, 의뢰자의 신분이었다. 서유리는 윤 대표 살

해를 직접 재에게 의뢰했다. 그 대가로 윤 대표의 회사 지분 절반을 재에게 잘라주었다. 서유리는 그렇게 재의 오랜 채무자 신분에서 벗어났다.

서유리는 재의 거미줄에서 벗어난 유일한 사람일 것이다. 그녀는 재에게서 벗어날 수 있는 방법을 알고 있었다. 그것은 거미줄에 매달려 지치도록 파닥이는 것이 아니었다. 새로운 먹잇감을 구해 자기 대신 매달아놓는 것이 유일한 방법이었다.

나는 라이터를 열어 서유리의 계약서 모서리에 불꽃을 놓았다. 불이 붙은 종이가 오므라들며 타들어가기 시작했다. 그것을 불씨 삼아 테이블 위에 쌓여 있는 문서 더미 위로 던졌다. 탑처럼 쌓여 있던 계약서들이 불에 타들어가기 시작했다. 사무실엔 연기와 함께 매캐한 냄새가 차올랐다. 이것으로 재와의 오래된 계약은 끝났다. 이제 곧 아침이 밝아오면 이곳은 건물의 붕괴와 함께 흔적조차 없이 사라질 것이었다.

나는 사무실을 등지고 나선형 계단을 내려가기 시작했다. 층계를 다 내려올 무렵, 계단 끝자락에 웅크려 앉아 있는 소년이 보였다. 환영에 불과했지만 너무나 생생하게 보이는 그 소년은, 내가 떠난 뒤에도 계속해서 이곳에 남아 있던 것 같았다. 그러고는 부지런히 지나가는 사람들의 머릿수대로 헛된 선(線)을 내리긋고 있던 것이다. 그것 때문에 소년은 층계를 떠나지 못했다. 바깥세상으로 걸어 나가 아침마다 새롭게 쏟아지는 햇빛을 본 적이 없었다. 거리를 떠도는, 무수한 사람들의 얼굴을 마주본 적이 없었다. 먼 데서 불어온 바람소리를 듣지 못했다.

나는 소년에게 다가가 손을 내밀었다. 그러자 소년은 겁을 먹은 얼굴로 날 올려다보며 종이를 내밀었다. 나는 거기에 삐뚤빼뚤하게 그어져 있는 선들을 보았다. 그것들이 결국 스스로를 옥죄는 차가운 창살로 돌변할 것임을, 소년은 아직 모르고 있었다. 그랬기에 소년이 그은 선들은 하나같이 천진하고 생기가 있었다. 나는 이제 그만해도 된다고 말하기 위해 고개를 들었다. 그러나 그 자리에 꼼짝 없이 앉아 있던 소년은 이미 사라지고 없었다.

계단을 다 내려오자 차가운 건물의 바닥엔 재의 진하고 붉은 피가 흥건했다. 재는 바닥에 추락할 때 목뼈가 부러졌는지 목이 기이하게 꺾인 채 죽어 있었다. 그의 몸에서 새나온 피가 시멘트 바닥의 점박이 무늬를 뒤덮으며 퍼져나가고 있었다. 나는 그 자리에 잠시 그대로 머물러 있었다. 머릿속으론 도망쳐야 한다고 생각했지만, 몸이 말을 듣지 않았다. 고장 나버린 것 같았다. 마치 이제껏 이곳에 갇혀 있던 소년이 되어버린 것처럼. 나는 한 발자국도 앞으로 나갈 수가 없었다. 이 건물을 벗어나도 새로운 세계가 있다는 사실이 믿어지지 않았다. 유리문을 열고 나가면 발아래 시커먼 벼랑이 버티고 있을 것 같았다.

이제 곧 아침이 밝아올 테지만 더 이상 내겐 아무런 지령도 내려오지 않을 것이다. 재의 죽음과 함께 나는 자유로워진 것이 아니었다. 그의 죽음과 함께 나의 세상도 끝났다. 알싸한 슬픔과 막막함이 나를 덮쳐왔다. 나는 처음으로 고아가 된 기분이 들었다. 그런 내게 구조신호 같은 전화벨 소리가 들려왔다. 전화를 받았다. 서유리의 목소리가 들려왔다.

안녕. 좋은 밤이야. 수고했어. 거기서 시간을 지체하지 말고 이곳 사무실로 오도록 해. 이제부터 나와 새롭게 시작하자.

나는 아무런 답도 하지 않았다.

침묵하고 있자 서유리가 강조해서 말했다.

다시 말하지만 네가 나와 손을 잡는다면, 나는 너에게 자유를 줄 수 있어. 그렇지만 만일 네가 나와 손을 잡지 않는다면 배신 행위로 간주할 수밖에 없어.

나는 컴컴한 유리문에 투영되고 있는 내 모습을 바라보며 말했다.

우습군. 난 당신에게 빚을 진 적이 없어. 당신에겐 그럴 권리가 없어.

서유리가 나지막하게 경고하듯 말했다.

아니. 널 그 지옥에서 빼온 건 나야. 내가 아니었다면 너는 이미 병원 지하에서 산소호흡기를 매단 채 심장만 뛰고 있을 거라고. 네가 지금 숨 쉬고 있는 것 자체가 내게 갚아야 하는 빚이야.

재의 핏물은 멈추지 않고 흘러나와 건물 바깥으로 흘러내려가고 있었다.

나는 더 이상 답하지 않고 통화를 끝냈다. 재는 죽었지만 그녀는 끝내 재를 죽이지 못했다. 그녀 자신이 '재'가 되었기 때문이다. 결국 우리는 모두 나선형 계단에 갇혀 있을 뿐이었다. 아니 이곳 도시는 그 자체로 하나의 거대한 나선형 계단이었다. 사람들은 끝없이 자신보다 높이 올라간 사람을 따라잡기 위해 영원히 나선형 계단에 갇혀 맴도는 바람일 뿐이었다.

건물 안에 갇혀 있는 바람들이 웅웅대기 시작했다. 그 소리가 이렇게 속삭이는 것만 같았다. 너도 이곳에 남아, 도망치지 말고. 그러나 나는 그 소리를 외면하고 층계 앞으로 다가갔다. 그리고는 내가 어릴 적 앉아 있던 서늘한 층계에 휴대폰을 반납하듯 내려놓았다. 유리문을 밀고 빠져나왔다. 재의 피가 묻은 손을 주머니에 찔러넣고 나는 경사면을 내려가기 시작했다.

아직 세상은 고요했다. 그러나 내 눈엔 곧 다가올 시간이 보이는 것만 같았다. 멀리서 포클레인들이 정해진 행로를 따라 진군해 들어왔다. 저 멀리 집들이 하나둘씩 모래성처럼 꺼져 내리기 시작했다. 집들이 도미노처럼 연달아 쓰러지며 대기 중으로 부옇고 노란 먼지가 피어올랐다. 먼지가 피어올라 산자락을 타고 올랐다. 나는 그 부연 먼지 속으로 걸어갔다. 온 세상이 부서져내리고 있는 것만 같은 기분이었다. 나는 이제 어디로 가야 하는 것일까. 도망칠 곳은 없었다. 서유리는 또 다른 '재'가 되어 날 잡으러 올 것이다. 그렇다고 다시 그 거짓된 굴레 속으로 들어갈 순 없었다. 나 또한 서유리를 처리하고 또 다른 '재'가 되지 않는 이상 살아남을 수는 없을 것이다. 그렇다면 나에게 남은 것은 이제 죽음뿐일까.

세상을 뒤덮은 자욱한 먼지 속에서 사람들의 환호성 소리가 들려왔다.

물어라! 물어라!

이곳은 기억 속의 투견장이었다. 나는 다시 그곳에 돌아와 있었다. 나는 흰 개를 찾아 절박한 심정으로 주위를 두리번댔다. 10년이 넘는 시간을 단번에 뛰어넘어 그날로 되돌아간 기분이었다. 긴장감으로 손엔 땀이 나고 가슴은 벌렁댔다. 흥분에 휩싸인 사람들은 돈을 건 개를 향해 일제히 소리치고 있었다. 그러나 흰 개는 꿈쩍도 하지 않았다. 검은 개가 달려들어 제 목을 깊숙이 찢어놓을 때까지 끝내 흰 개는 아무런 반응도 보이지 않았다. 하물며 저항조차 하지 않았다. 흰 개는 내 눈앞에서 또다시 피를 흘리며 쓰러졌고, 분노한 사람들은 돌아갔다. 좌중이 적막해진 가운데 어느덧 투견장엔 흰 개와 나만 남아 있었다. 먼발치에 쓰러진 흰 개의 가슴이 가쁜 숨으로 오르내리고 있었다. 오랜 시간 후회하며 떠올렸던 순간이었다. 그런데 잠시 뒤 흰 개가 기적처럼 자리에서 몸을 일으켜 세웠다. 흰 개는 나를 한 번 물끄러미 바라보더니 돌아섰다. 흰 개는 투견장을 떠나 멀어지기 시작했다. 나는 멀어져가는 흰 개를 바라보며 비로소 깨달았다. 그날 흰 개는 싸움에서 패배한 것이 아니었다. 스스로 무모한 싸움을 멈춘 것이었다.

그랬다. 투견장에 자유는 오지 않았다. 싸워서 이겨야 한다는 사실만이 계속해서 투견장 같은 이 도시를 존재하게 할 뿐이었다. 그러므로 나는 흰 개를 따라 이곳 하나시를 떠나기로 했다. 내가 가는 길 끝에 죽음이 있다 하더라도 기꺼이 마주할 생각이었다.

베일

 B구역엔 안개가 자욱했다. 차의 앞 유리에 와 닿는 안개들이 물결처럼 일렁이며 뒤로 흩어졌다. 언젠가부터 차량을 움직이는 건 엔진이 아니라 안개인 것만 같았다. 내 의지가 아니라 안개가 떠미는 방향으로 흘러가고 있는 것만 같았다. 안개 속에서 녹슨 이정표들이 나타났다. 그곳엔 이제는 무의미해진 지역명들이 새겨져 있었다.

 20분 남짓 달렸을까. 산길로 접어들며 차체가 덜컹대기 시작했다. 차바퀴에 깔리는 자갈들의 소리가 울렸다. 짙은 어둠 속에 나무들은 모습을 감추고 있었다. 헤드라이트 불빛으로 길을 더듬어 등산로의 초입에 다다랐다. 차를 멈추어 세우고 시동을 끄자 나무들이 바람에 몸을 뒤척이는 소리가 들려왔다.

  나는 손전등을 밝혀 들고 차에서 내렸다. 발밑에 깊이 고인 흙탕물을 헤치고 나갔다. 축축이 젖은 발로 등산로에 접어들었다. 전등 불빛은 등산로에 스멀대는 안개를 뚫기엔 미약했다. 발치에 무엇이 있는지만을 겨우 가늠하며 나는 산길을 오르기 시작했다. 바닥을 뚫고 솟구쳐 나온 나무뿌리들이 구불대며 뒤얽혀 있었다. 태풍에 쓰러진 고목을 타고 검은 버섯들이 빽빽이 돋아나 있었다. 안개 속에 무언가 포복하고 있을 것만 같은 느낌이 들 때마다 그곳에 불빛을 비췄다. 그러나 내 눈에 들어오는 건 온통 일렁이는 안개뿐이었다.

  나는 수시로 정신이 아득해졌다. 피를 너무 많이 흘려버린 탓이었다. 손발에 감각이 무뎌지고 있었다. 어느덧 온몸이 땀으로 흠뻑 젖었다. 길은 끝이 없을 것만 같았다. 나는 청각만 남긴 채 신체의 모든 부분이 퇴화한 한 마리의 거대한 연체동물이 된 기분이었다. 팔다리가 잘린 채 어둠의 늪에서 허우적대고 있을 뿐. 언젠가부터 앞으로 나가고 있다는 느낌이 들지 않았다. 길을 잃은 것만 같았다. 잠시 멈추어 서서 주변을 불빛으로 비추는데, 안개에 휩싸인 부도탑들이 보였다. 지난번에도 보았던 것이다. 낯선 길로 들어서지 않았다는 안도감도 잠시 부도탑 사이에서 무언가 꿈틀대는 것이 보였다. 조심스럽게 그곳을 불빛으로 비췄다. 고개를 깊이 숙인 들개가 노루의 사체를 뜯어 먹는 중이었다. 시커먼 들개였다. 온몸이 비쩍 마른 들개는 언젠가 화마를 뚫고 도망친 모양이었다. 불에 그슬려 털이 벗겨지고, 얼굴 한쪽이 녹아내려 생김새를 알아볼 수 없게 망가져 있었다. 들개가 불빛을 감지하고 움직임을 멈췄다. 나는 재빨리 안개 속에 몸을 숨기고 길을 올랐다.

멀리서 계곡물이 급류가 되어 흐르는 소리가 들려왔다. 물소리를 따라 부지런히 걸음을 옮기자 너른 공터에 다다랐다. 계곡에 놓인 아치형 돌다리도, 나무들도 모조리 안개가 집어삼킨 뒤였다.

공터를 가로지르다 말고 나는 잠시 거대한 느티나무를 돌아보았다. 나무 아래 죽은 사내가 여전히 앉아 있었다. 고개를 떨구고 앉아 있는 사내의 몸은 온통 검은 피로 얼룩져 있었다. 그의 주변으로 공터의 흙이 모두 검붉게 물들어 있었다. 지금 와서 돌이켜보니 그것은 부질없는 싸움이었다.

공터를 지나자 안개가 집어삼킨 교각이 흐릿하게 형체를 드러냈다. 교각의 난간 위엔 까마귀들이 잠들어 있었다. 그것들은 안개 속에서 돌이 된 것처럼 굳어 있었다. 돌다리는 마치 저승으로 건너가는 길처럼 보였다. 어쩐지 나는 이 다리를 건너면 다신 돌아갈 수 없을 것 같다는 느낌을 받았다. 그러나 계속해서 걸었다. 애초에 내가 돌아갈 곳은 없었다.

 나는 다리를 건너다 발밑에 쓰러져 있는 의비를 발견했다. 의비는 내가 떠난 뒤 그 자리에서 한 발자국도 움직이지 못하고 남아 있었다. 안개가 의비를 이불처럼 뒤덮고 있었다. 핏기가 식은 의비의 얼굴엔 검은 머리칼이 흘러내려와 있었다. 예상은 했지만 독약을 삼킨 것이다. 내 손을 무람없이 잡았던 그녀의 손은 차갑게 얼어붙어 있었다. 마지막으로 바깥세상을 보고 싶다 말했던 그녀는 더 이상 아무 말도 하지 않았다. 하루 전만 해도 이 여잔 그저 버리고 와야 하는 50킬로 정도의 짐짝에 지나지 않았다. 이제 와서야 나는 비로소 의비가 생생하게 살아 있던 사람이었다는 사실을 깨닫고 있었다.

 죽은 그녀의 몸을 통해 나는 오히려 의비의 몸에 깃들어 있던 생명이 얼마나 끈질겼던가를 느낄 수 있었다. 곰팡이가 뒤덮은 작은 방 한 칸에서 무수한 종이꽃을 접고 있던 의비의 모습이 떠올랐다. 그녀는 목숨이 다하는 그 순간까지도 세상을 바라보고 싶어 했다. 폐허가 되어버린 풍경 속에서도 아름다웠던 기억들을 건져올리곤 했었다. 자신을 해하려는 사람에게조차 온기 어린 목소리로 말을 건네곤 했었다.

 하루만 더 살아 있었다면 그녀의 마지막 부탁을 들어줄 수도 있었을 거란 생각이 들었다. 그녀는 사찰에 가서 마지막으로 속죄하고 싶다고 했었다. 비록 식인귀들이 우글대는 서식지를 통과해야 했지만 죽음을 앞두고 있는 지금 그 무엇도 두렵지 않단 생각이 들었다. 그러나 이젠 늦었다. 모든 것을 되돌리기엔 너무나 늦어버렸다.

나는 의비의 얼굴을 보았다. 죽음조차 그녀의 얼굴에 깊게 배인 피로감을 삭이진 못한 것 같았다. 의비의 입술은 화석처럼 굳게 다물려 있었다. 그래서일까. 갑자기 세상이 너무나 조용해진 것 같았다.

도시에서 벗어나기 위해 무턱대고 이곳으로 도망쳐 왔다. 경찰도 군인도 미친 곳. 그 누구도 추적해 들어오지 않는다는 죽음의 땅. 그랬기에 나는 이곳으로 왔다. 그렇지만 막상 이곳에 와보니 알 것 같았다. 어쩌면 무의식 깊은 곳에서 나를 이끈 것은 이 여자였을지도 몰랐다. 내 손으로 처리해야만 했던 나의 마지막 표적. 자신에겐 도시가 더 지옥이었다고 담담히 말했던 의비의 마지막 모습이 떠올랐다. 그러나 모든 것은 이제 끝났다. 도시도, 버려진 땅도 모두 나 같은 사람에겐 숨 쉴 틈 없는 지옥인 것이다.

나는 폴딩나이프를 부드럽게 펼쳤다. 칼끝으로 힘껏 내 목을 찌르려 하던 순간이었다. 의비의 목소리가 들려왔다. 내 손이 허공에서 정지하듯 멈추었다.

돌아왔군요.

마지막 환청일까. 나는 깜짝 놀라 뒤돌아보았다. 의비가 눈을 뜨고 날 바라보고 있었다. 의비는 죽음의 땅에서 아직 살아남아 있던 것이다.

의비가 주위를 두리번대더니 가라앉은 목소리로 말했다.

또 누굴 버리고 가는 길인가요?

나는 터져나오는 헛웃음을 지으며 짧게 답했다.

아닙니다.

그러자 의비가 멈칫하며 물었다.

그럼 여기에 왜 온 거죠?

난간 위의 까마귀들은 서로의 어두운 몸에 기대어 깊이 잠들어 있었다. 잠시 뒤 나는 의비에게 말했다.

살아 있을 거라곤 생각하지 않았습니다.

그러자 의비가 나지막이 말했다.

무서웠어요. 그렇지만 무서움도 어쨌든 살아 있다는 증거니까요. 죽으면 무서움조차 느낄 수 없게 될 테니까요. 나는 그 방에서 3년을 갇혀 지냈어요. 죽는 것이 더 나을 거라 생각했죠. 그런데 오늘 여기서 나무들이 어둠 속에 잠겨드는 걸 보다가 깨달았어요. 살아 있고 싶다는 것을요.

나는 그녀에게 물었다.

사찰 말입니다. 여기서 먼가요?

의비가 고개를 돌려 다리 건너를 바라보았다. 사실 안개 때문에 아무것도 보이지 않았다. 의비는 기억을 더듬어 말했다.

아뇨. 여기서 그렇게 멀진 않을 거예요.

의비가 날 바라보며 물었다.

나를 거기에 데려다줄 수 있나요?

나는 말없이 등을 돌려 앉았다. 의비의 두 팔이 익숙하게 내 목을 감싸왔다. 나는 자리에서 일어났다. 탈진 상태에 가까웠지만 마지막 힘을 다해 한 걸음씩 옮겼다. 다리를 건너 안개를 뚫고 걸어 들어갔다. 나무 사이로 난 길을 걸어가자 곧 깎아지를 듯한 절벽이 눈앞에 나타났다. 절벽을 타고 구불대며 이어지는 층계에 발을 올렸다. 계단은 젖어 있어 미끄러웠다. 한 걸음씩 신중하게 층계를 오르기 시작했다. 발을 디딜 때마다 계단이 비명을 지르듯 삐걱거렸다. 의비의 무게까지 내 몸에 얹어졌기에 더욱 위험했다. 그렇지만 어차피 마지막이라고 생각하니 그리 두렵지 않았다. 절벽 높은 곳에 다다르자 멀리서 희미하게 종소리들이 들려오기 시작했다.

계단을 마저 올라 절벽 위로 올라섰다. 이곳 잡목 숲에도 안개가 짙게 깔려 있었다. 한 치 앞도 보이지 않는 숲속에서 종들이 울리는 소리만이 희미하게 울려나오고 있었다. 이곳에서 지난날 마주쳤던 식인귀의 퀭한 눈동자가 떠올랐다. 나는 바짝 주위를 경계하며 숲속으로 걸어 들어가기 시작했다. 내 몸의 긴장감이 전해졌는지 의비가 목소리를 낮춰 말했다.

B구역에서 식구가 실종된 사람들이 이 산에 찾아와 넋을 기리는 위령제를 한다는 말을 들은 적이 있어요. 그들이 나무에 종을 매달아놓은 걸 거예요.

내가 비추고 있는 불빛이 나무에 새겨진 글자들을 하나씩 훑었다. 의비가 나지막이 그 이름들을 읊어대기 시작했다.

김종서……

최진영……

이채은……

나는 바짝 소리를 낮춰 속삭였다.

지금 뭐하는 겁니까?

그러자 의비가 답했다.

혹시 이곳에 친구의 이름이 있지 않을까 해서요.

조용히 하라고 하려다 나는 입을 다물었다.

어느 정도 숲속 깊은 곳에 들어섰을 때였다. 종소리는 이제 바짝 머리 위에서 들려오고 있었다. 나는 깊게 심호흡을 했다. 이제 곧 그 지옥 같은 풍경을 다시 마주해야만 하는 것이었다. 몹시 역한 악취는 숲속에 번져 있는 안개를 타고 빠르게 내 몸에 엉겨붙고 있었다. 의비도 그 참을 수 없는 악취를 맡고 있을 것이다. 의비는 언젠가부터 잠잠해져 있었다. 나는 의비에게 속삭였다.

여기서부턴 눈을 감는 게 좋을 겁니다.

왜죠?

의비가 되물었을 때였다. 손전등 불빛에 공중에 매달린 시신의 두 발목이 걸려들었다. 빗물에 씻겨 내린 듯 새하얗고 깨끗한 발이었다. 마치 방금 누군가 매달아놓은 시신 같았다. 그리고 근방엔 캐리어가 놓여 있었다. 시신은 고개를 깊게 숙이고 있어 검은 머리채가 얼굴을 가리고 있었다. 나는 그 자리에 붙들린 듯 멈춰 섰다. 그동안 살기 위해 살해했던 무수한 사람들의 얼굴이 한꺼번에 떠올랐다. 내가 그동안 저수지에 수장시켰던 캐리어들이 강을 따라 이곳까지 떠내려온 것만 같았다. 그들이 모두 저승으로 떠나가지 못하고, 이승의 마지막 경계에 서 있는 나무들에 매달려 있는 것만 같았다. 내가 죽였던 무수한 사람들이 이 숲에서 나를 기다리고 있던 것만 같았다. 죽기 전 마지막으로 내 앞에 모여들고 있는 것이다. 바람이 불어오며 나무에 매달린 종들이 일제히 흔들리기 시작했다.

어둠 속에서 나를 부르는 혼령들의 목소리가 들려오는 것만 같았다. 진우야, 강민아, 동해야, 그건 내가 죄를 저지를 때마다 사용했던 이름들이었다. 그들은 저마다 자신을 죽인 이름을 부르고 있었지만 결국 그 모든 이름이 가리키고 있는 건 나였다. 그들이 한 목소리로 내게 말하고 있는 것만 같았다.

너는 무사히 이곳을 지나갈 수 없어. 어서 이곳으로 올라와서 네 목을 스스로 매달아라.

식은땀이 흐르며 호흡이 가빠졌다. 눈앞이 흐려지고 바로 귓가에 속삭이는 의비의 목소리가 아득하게 먼 데서 들려오는 것만 같았다. 그렇지만 나는 의비의 다급한 속삭임을 놓치지 않고 들었다.

잠시만요. 저기 저 앞에 누군가 있는 거 같아요.

의비의 손가락이 어둠 속의 한 지점을 가리키고 있었다. 멀리 안개 속에 흐릿하게 떠다니는 불빛들이 보였다. 그것들은 마치 한밤중 산속을 떠돈다는 혼불처럼 보였다. 나는 본능적으로 손전등 불빛을 껐다. 주변이 어둠에 잠겼다. 그리고 물살처럼 느리게 술렁이는 안개 저 너머에서 희미하게 웅얼거리는 소리가 들려왔다. 의비가 목소리를 낮춰 속삭였다.

누구일까요?

나는 속으로만 답했다. 식인귀들일 거라고. 이곳에 사람은 없다고.

근처 나무 아래 의비를 내려놓으며 나는 조용히 말했다.

여기 가만히 있어요.

의비가 내 팔을 붙잡으며 절박하게 속삭였다.

그냥 돌아가요. 우리.

나는 의비를 돌아보며 말했다.

내가 준 약 잘 갖고 있지요? 혹시라도 식인귀들이 다가오면 그 약을 삼키세요.

내 팔을 붙잡고 있던 의비의 손이 스르륵 풀려나갔다. 나는 부디 사찰까지만이라도 가 닿을 수 있기를 마음속으로 빌었다. 정작 속죄를 해야 하는 사람은 나였으므로.

나는 조심스럽게 그늘에게 가까이 다가갔다. 그들을 잘 볼 수 있는 나무 뒤에 몸을 숨겼다. 말로만 들었던 식인귀들이 바로 눈앞에 있었다. 안개 속에서 그들이 손에 들고 있는 불빛이 엇갈리며 서로의 몰골을 비추고 있었다. 남자 둘에 여자 하나였다. 어둠 속에서 언뜻언뜻 드러나는 그들은 사람이라기보단 짐승에 가까워 보였다. 버쩍 마른 얼굴은 광대만 불거져 나왔고 볼이 움푹 패어 있었다. 영락없이 해골처럼 보이는 얼굴들로 서로를 마주보며 일종의 모의를 나누고 있었다. 그들 중 한 남자는 어깨에 밧줄 더미를 짊어지고 있었다. 그 남자는 잠시 말을 멈추고, 일행에게 무언가 확인시켜주려는 듯 불빛으로 아래를 비췄다. 그들 발치에 사람이 쓰러져 있었다. 불빛이 훑고 지나가는 깡마른 다리엔 온통 멍이 들어 있었다. 그건 시체였다.

그들은 이제 갓 목숨이 끊어진 신선한 시체를 썰어서 나누어 먹으려는 것이다. 눈앞에서 곧 사체의 내장이 뽑혀나가고, 먹기 좋은 크기로 토막 날 것이다. 식인귀들은 야행성 짐승인 것 같았다. 낮에는 동굴 같은 곳에서 잠들어 있다가 깊은 밤이 되면 굶주린 배를 채우기 위해 산속을 몰려다니는 것이다. 들개가 노루 사체를 파먹던 장면이 떠올랐다. 어쩌면 그들은 들개처럼 입가에 피를 잔뜩 묻히며 사체를 파먹을지도 몰랐다.

그러나 잠시 뒤 내가 본 광경은 예상하지 못했던 것이었다. 어깨에 밧줄을 짊어진 남자가 바닥에 한쪽 무릎을 꿇고 앉았다. 나머지 사람들은 남자의 작업을 도우려는 듯 불빛을 비춰주었다. 남자는 시체의 머리를 들어올리더니, 그 목에 밧줄을 휘감기 시작했다. 그들 사이엔 엄숙한 긴장감이 흘렀다. 마치 경건한 의식을 치르고 있는 것만 같았다. 사체의 목에 매듭을 단단히 묶은 남자는 이번엔 시체의 목에 연결한 밧줄을 제 허리에 묶고 나무를 타고 오르기 시작했다. 남자는 짐승처럼 빠르게 나무 위로 올랐다. 높은 곳에 오른 남자는 가장 단단해 보이는 나뭇가지에 밧줄을 걸더니, 익숙한 손놀림으로 남은 밧줄을 반대 방향으로 던졌다. 바닥에 서 있던 두 사람은 기다리고 있었다는 듯 나무 반대편으로 가서 밧줄을 끌어당기기 시작했다. 그들 셋의 호흡은 시계의 추와 바늘처럼 정교하게 맞물렸다. 한두 번 해본 솜씨가 아니었다.

나무 아래 두 사람이 밧줄을 당기자 시체의 몸이 허공으로 끌어올려지기 시작했다. 어두운 허공에 시체의 두 발이 바짝 떠올랐다. 나무 위에 남아 있던 남자는 나뭇가지에 단단히 매듭을 짓는 것으로 작업을 마무리 지었다. 남자는 마지막으로 주머니에서 무언가를 꺼내더니 나뭇가지에 매달았다. 어둠 속에서 종소리가 가느다랗게 울리기 시작했다. 표식을 남기듯 종을 매단 것이었다. 일을 마친 남자는 가뿐히 바닥으로 내려왔다. 그들 셋은 나무에 매단 시체를 불빛으로 비추며 잠시 그 자리를 지키고 서 있었다. 그들은 자신들의 합작품이 바람에 흔들리는 것을 바라보며 잠시 침묵하고 있었다.

나는 방금 전 내가 본 그들의 행동을 전혀 이해할 수가 없었다. 그들은 대체 무엇을 위해 이런 수고로움을 감수하고 있는 것일까. 바람이 불어오자 나무에 매달린 종들이 일제히 흔들리는 소리가 들려왔다. 그 소리가 신호라는 듯, 방금 그들이 나무에 매단 시신이 빙그르르 돌았다. 불빛에 드러난 그 얼굴을 본 나는 소스라쳤다. 양천에 데려가주겠다는 말 한마디에 순순히 날 따라나섰던 노인이었다. 내가 건넨 우동 면발을 받아먹으며 잔주름이 잡혔던 노인의 입술이 퍼렇게 다물려 있었다. 노인이 금방이라도 눈을 부릅뜨고 입을 열어 나를 부를 것만 같았다.

영민아, 영민아. 너도 이리로 올라오렴.

나는 두려움에 짓눌려 뒷걸음질치기 시작했다. 바람이 불며 나뭇잎들이 와르르 떨어졌다. 내 뺨에 달라붙는 물기 어린 나뭇잎의 감촉에 진저리쳤다. 마치 허공에서 떨어져 내리고 있는 시신들의 살점 같았다. 눈앞이 흐릿해지며 아찔한 현기증이 났다. 그동안 피를 너무 많이 흘렸기 때문일까. 입술이 멋대로 떨리며 헛소리가 새나왔다.

아니야, 나는 아니야.

나도 살려면 어쩔 수 없었어.

어쩔 수 없었다고.

나는 내 몸에 실린 혼령이 내 귓가에 속삭대는 것만 같은 그 소리를 듣고 있었다. 이미 가위에 눌린 듯 꿈쩍도 할 수가 없었다. 무릎에 힘이 풀리며 시야가 크게 흔들렸다. 어느덧 나는 서늘한 바닥에 뒷머리를 기대고 누워 컴컴한 어둠을 올려다보고 있었다. 온 힘을 다해 바르작대보았지만 소용없었다. 눈앞에서 안개들이 스멀대며 허공을 건너가고 있었다. 그 소리 없는 술렁임 속에 종소리가 들려왔다. 흔들리는 종소리에 맞추어 이쪽을 향해 다가오는 그들의 기척이 느껴졌다. 그러나 나는 스스로 목숨을 끊을 수조차 없었다. 곧이어 눈부신 불빛이 날카롭게 내 눈을 찔렀다. 그들의 해골 같은 얼굴이 눈앞에 바짝 다가와 있었다. 그들 가운데 광대가 툭 불거져 나온 여자가 서늘한 손으로 내 목덜미를 짚었다. 잠시 뒤 여자가 나지막이 속삭였다.

아직 살아 있어.

●

나의 몸이 반으로 접혔다. 내 이마에 무릎이 닿고 두 팔은 나의 두 다리를 끌어안고 있었다. 나는 몸을 말고 어딘가에 거꾸로 갇혀 있었다. 접힌 몸을 펴고 싶었다. 기지개를 켜고 싶었다. 접힌 폐를 열어 숨을 쉬고 싶었다. 소리를 지르고 싶었다. 나는 아직 살아 있다고. 여긴 어딜까. 머리 쪽에서 자갈들이 긁히는 소리가 끝없이 울렸다. 내 머릿속까지 자갈들이 굴러들어오는 것만 같았다. 그랬다. 내가 갇힌 이곳은 캐리어였다. 나는 언제 여기에 갇힌 것일까. 그러고 보니 귓가에 발소리가 들렸다. 나를 끌고 가는 사람들은 침묵하고 있었다. 그들은 왜 나를 끌고 가는 것일까. 이제 알았다. 그들은 내가 저수지에 버린 사람들인 것이다. 그들은 내게 복수를 하려는 것이다. 똑같이 되갚아주려는 것이다. 자신들이 세상으로부터 버려질 때 느꼈던 생생한 공포와 적의를 내게도 심어주려는 것이다.

나는 이 캐리어가 어디서 멈출지 잘 알고 있었다. 피비린내가 진동하는 산속의 저수지. 저수지의 표면은 개구리밥으로 뒤덮여 있고, 모기와 날파리 떼들이 윙윙대는 곳. 처음 갔을 때 파랬던 저수지는 점점 검붉어지고 있었다. 그곳에 나는 무수한 시체들을 처리했다. 캐리어 안에 자갈을 가득 넣은 뒤에 그것을 통째로 밀어넣었다. 사체들의 몸은 접힌 채 저수지 안에 쌓여갔다. 그들의 몸에서 새나온 부패한 핏물이 저수지를 더럽히고 있었다. 악취가 진동하고 벌레들이 꼬였다. 그러나 무수히 해가 뜨고 달이 지는 동안에 사람들은 아무도 그곳을 찾아오지 않았다. 그들은 침묵 속에서 부패해갔다. 아무도 그들을 건져내지 않았다.

그들이 사라진 대가로 도시의 사람들은 빚을 가리고 이득을 보았다. 그들의 실패와 죽음을 연료로 도시는 오늘 밤도 휘황하게 빛나고 있었다. 이젠 내 차례였다. 나는 곧 고요한 물속에 깊숙이 잠길 것이다. 나는 죽을힘을 다해 손을 뻗어 지퍼를 조금씩 열 수 있었다. 마지막으로 숨을 쉬고 싶었다. 바깥

틈새로 어슴푸레 밝아온 새벽빛이 보였다. 나뭇가지들이 거미줄처럼 뻗어나가고 있었다. 캐리어를 끌고 가는 사내의 뾰족한 턱이 보였다. 사내의 목덜미에 난 상처와 냉혈하게 빛나는 눈동자를 보았다. 나는 소스라쳤다. 내가 알고 있는 얼굴이었다. 그 사내는 다름 아닌 바로 나였다. 내가 나를 끌고 가고 있었다. 나는 소리쳤다. 멈추라고! 이제 그만 멈추라고!

그러나 그 사내는 나를 무자비하게 저수지에 던졌다. 나는 저수지의 깊은 밑바닥으로 가라앉기 시작했다. 물속은 끝없이 깊었고, 바닥은 끝내 닿지 않을 것만 같았다. 나는 계속해서 깊은 곳으로 침잠해 들어가며 점점 의식이 흐려지고 있었다.

그런데 어디선가 희미하게 종소리가 들리기 시작했다. 내가 깊은 잠에 이르려 할 때마다 날 깨우려는 듯 종소리가 들려왔다. 종소리는 마치 누군가 날 향해 던진 자갈돌들처럼 하나둘씩 깊은 물속으로 떨어져 내렸다. 그러고는 내가 갇혀 있는 단단한 캐리어를 두드렸다. 누군가의 꼭 쥔 주먹이 내가 갇혀 있는 캐리어를 계속해서 두드리는 것만 같았다. 잠들지 말라고. 깨어나라고. 이제 그만 깨어나라고.

●

　일어나보세요.

　아득히 먼 데서 종소리처럼 울려오고 있는 목소리. 나는 그 목소리를 기억했다. 어떤 상황에서도 밝고 의연했던 목소리. 의비였다.

　벌써 사흘째예요. 이젠 일어나야만 해요.

　가까스로 눈을 뜨자 날 내려다보고 있는 의비의 얼굴이 보였다. 의비의 눈동자에 안도의 빛이 어렸다. 나는 서서히 죽었던 감각들이 되살아나는 것을 느꼈다. 온몸이 피처럼 끈적이는 땀으로 번들댔다. 팔뚝의 상처는 불에 덴 듯 욱신댔다. 상처엔 으깬 약초가 발라져 있었다. 시큼한 풀냄새가 진동했다.

　나는 다시 돌아온 세상을 찬찬히 둘러보았다. 내가 누워 있는 곳은 사찰의 법당이었다. 저물어가는 햇빛이 스며들어 높은 천장에 새겨진 단청을 비추고 있었다. 서까래를 중심으로 그려진 연꽃무늬가 좌우로 정연하게 퍼져나가고 있었다. 그렇게 수백 송이의 연꽃들이 오랜 시간이 흘러도 시들지 않고 고고하게 피어나 있었다.

　의비의 도움을 받아 나는 자리에서 몸을 일으켜 세웠다. 반쯤 열려 있는 꽃살문 틈새로 그늘진 돌담이 보였다. 돌담의 틈새에 돋아난 흰 풀꽃들이 바람에 흔들리고 있었다. 그러고 보니 법당 안엔 향냄새가 맴돌았다. 불단의 향로에서 향이 사르러지고 있었다. 그리고 불상이 가부좌를 틀고 앉아 어딘가 먼 데 시선을 두고 있었다. 불상은 도금이 벗겨져 거무스름해져 있었다. 누군가 화마에 휩싸인 도시에서 건져낸 것처럼 보였다. 나는 의비에게 말했다.

사찰에 도착했군요.

의비가 담담한 목소리로 말했다.

그들이 우리를 도와줬어요.

나는 경직된 목소리로 곁에 있는 의비에게 물었다

그들이라면…… 식인귀들 말입니까?

의비는 고개를 가로저으며 말했다.

그들은 식인귀가 아니었어요. 그날 새벽 나는 멀리서 지켜보고 있었어요. 그들이 당신에게 다가가는 걸 보며 여기서 끝이라고 생각했어요. 그들은 당신이 살아 있다는 걸 확인하더니 당신을 업었어요. 무슨 정신이었는지 몰라요. 나는 무작정 그들에게 소리쳤어요. 당신을 데려가면 안 된다고. 죽이면 안 된다고 있는 힘을 다해 소리쳤어요. 내 몸이 성치 않아 당신에게 가볼 수 없다는 것이 그 순간 너무나 원망스러웠어요. 그들이 멀리 숨어 있던 내 쪽으로 불빛을 겨누었어요. 한 여자분이 말없이 다가왔어요. 순간 두려움에 후회가 되더군요. 당신이 주고 간 그 약병을 꼭 쥐고 있는데, 여자분이 내게 말했어요. 우린 당신들을 해치지 않는다고요. 그리고 내게 물었어요. 자신들과 같이 가겠냐고요. 그때부터 그들은 우리가 다만 아직 살아 있다는 사실 하나만으로 지금껏 보살펴주었어요.

나는 내 상처에 발려 있는 약초를 내려다보며 물었다.

그렇다면 그들은 누구죠?

의비가 열린 꽃살문 너머를 바라보며 말했다.

군인들이 불을 낸 거라 했던 친구의 말이요, 그 말이 맞았어요. 나라에선 이곳에서 시작된 시위가 도시까지 번져올 것을 우려했던 것 같아요. 그래서 이곳에서 일어난 시위를 강경하게 진압하기 위해 불을 질렀고 그것을 시위대가 저지른 짓으로 둔갑시킨 거예요. 이들은 누명을 벗기 위해 노력하지 않았어요. 어차피 자신들은 버려진 사람들이라, 도시에 돌아가도 살 길이 없을 거란 사실을 깨달았던 거죠.

의비는 슬픔에 잠긴 목소리로 말했다.

여기에도 제 친구는 없었어요. 제 친구를 기억하는 사람도 없었고요. 아마 그때 제 친구는 살아남지 못한 것 같아요.

나는 자리에서 일어났다. 비척대는 걸음으로 불단 앞으로 다가갔다. 불단 위엔 복숭아 몇 알이 놓여 있었다. 나무에서 갓 따온 것처럼 푸른빛이 감돌았다. 그리고 뜻밖의 물건들이 늘어져 있었다. 흙 속에서 건져낸 것처럼 빛이 바래 있는 것들이었다. 단추나, 유리에 금이 간 안경, 손목시계, 낡은 지갑 따위의 것들이었다.

어느덧 등 뒤에서 의비가 말했다.

나무 밑에서 주워온 유품들이래요. 제단에 모셔두고 명복을 빌고 있는 거라 하더군요.

나는 의비에게 물었다.

그렇다면 왜 사람들은 그들이 식인귀라고 믿는 걸까요?

그러자 의비가 말을 이었다.

이곳 사람들이 바라기 때문일 거예요. 여기 사람들은 이제 더 이상 세상 사람들이 자신들을 기억해주길 바라지 않아요. 오히려 잊어버리길 바라고, 다신 찾지 않기를 바라죠.

나는 고개를 끄덕였다. 그들의 마음을 이해할 수 있었다. 나 역시 더 이상 아무도 날 찾아오지 못하는 곳을 찾아 이곳으로 왔던 것이었다. 의비는 계속 말했다.

이곳 사람들은 정해진 날이면 산속이 아주 어두워지길 기다렸다가 수색을 나가요. 사체가 발견되면 그 사체를 나무 위에 매달아놓고 돌아오는 거예요. 외부인들이 두려움 때문에 다신 이곳을 침범하지 못하게 하기 위한 베일을 치고 있는 거지요.

의비는 거기까지 말하고 힘에 겨운 듯 잠시 말을 끊었다 다시 이었다.

아직 경찰도 군인도 그 베일을 뚫고 접근한 적은 없다 하더군요.

말을 마친 의비는 가라앉은 목소리로 내게 부탁하듯 말했다.

향을 하나만 새로 살라주시겠어요?

나는 다리가 불편해 일어날 수 없는 의비를 대신해 새로운 향에 불을 붙였다. 입바람으로 불을 끈 뒤에 연기가 피어오르는 향을 향로에 꽂았다. 매캐한 나무 타는 냄새가 법당 안에 번져나갔다. 의비는 잠시 기도하듯 눈을 감고 고개를 숙이고 있었다. 짧은 묵념 같은 기도를 마친 의비는 눈을 뜨고 날 쳐다보며 말했다.

그러니까 이곳은 세상으로부터 철저히 버려졌기 때문에 오히려 새로운 삶을 살 수 있는 땅이 된 거죠.

말끝에 잠시 침묵하고 있던 의비는 잊고 있었다는 듯 밝은 음색으로 말했다.

참, 오늘부터는 저도 저녁 짓는 걸 돕기로 했어요. 그동안 아프단 이유로 계속 얻어만 먹었거든요. 저도 제 밥값은 해야죠. 이만 나가봐야겠어요. 저녁밥이 지어지면 그때 부를게요.

오늘부턴 뭐라도 먹어야죠. 오래도록 기절해 있었어요.

내가 데려다주겠다고 말하려 하는데, 열린 문 앞에 한 여자가 와 있었다. 저녁이 되어가는 어스름한 햇빛 아래 서 있는 여자는 나이가 지긋해 보였다. 단발로 자른 머리는 가르마부터 희끗하게 새어가고 있었다. 눈가는 거무스름하고 입술은 창백했지만, 의비를 내려다보는 여자의 눈빛엔 온기가 느껴졌다. 의비가 문 앞까지 두 손으로 바닥을 짚고 부지런히 움직여 가자, 여자는 미리 마련해 온 휠체어에 의비가 타는 것을 도와주었다.

여자는 휠체어를 밀고 가기 전에 잠시 나를 바라보았다. 그 순간 나는 지난번 어둠 속에서 보았던 그 여자의 얼굴이 기억났다. 그때만 하더라도 여자의 얼굴은 음산한 해골처럼 보였었다. 그것은 내 마음속의 공포가 여자의 얼굴에 덧씌워졌기 때문이었다. 지금 내 눈앞에 있는 여자는 지극히 인간적인 얼굴을 갖고 있었다. 여자의 얼굴엔 고난 속에서도 담담히 주어진 시간을 관통해온 사람만이 가질 수 있는 넉넉함이 어려 있었다.

여자가 나를 향해 고갯짓으로 먼저 인사를 건넸다. 나는 나도 모르게 고개를 돌렸다. 내겐 이들의 호의를 받을 자격이 없었다. 내가 도시에서 어떤 일을 저질렀던 사람인가를 알게 된다면, 저들은 지금처럼 날 받아들일 수 없을 거였다. 그랬다. 나야말로 진정으로 식인귀였다. 남의 목숨을 가차 없이 앗아가며 내 목숨을 연명해왔다. 내 손과 입에 그야말로 뜨겁고 끈적이는 사람들의 피와 기름이 묻어 있었다.

고개 숙이고 있는 내게 여자의 목소리가 들려왔다.

여기서 지내고 있는 사람들은 모두가 새로 태어났다고 생각하며 살고 있어요. 나는 고개를 들어 여자를 마주보았다.

어렵게 얻은 기회인데 제대로 살아남아야지요.

아직 살아 있어. 그날 밤 여자가 내 목덜미를 짚으며 어둠 속에서 다급히 속삭였던 목소리가 내 귓전에 남아 있는 것 같았다. 그 말이 날 죽음으로부터 끌어올렸다는 생각이 들었다.

그들이 법당 앞을 떠나고 난 뒤였다. 아주 먼 데서 종들이 울리는 소리가 들려왔다. 나는 지금 이 시간에도 저물어가는 빛 속에서 나무에 매달려 있을 그들을 떠올렸다. 그들은 세상으로부터 버려진 자들이었다. 죽어서도 편안히 몸을 눕히는 것조차 허락되지 않은 자들이었다. 그러나 그런 그들이 새로운 세상의 경계를 새롭게 엮어나가고 있는 중이었다. 세상에서 버려진 자들이 세상의 끝으로 밀려나 세상의 시작이 되어주고 있는 것이었다.

나는 몸에 지니고 있던 신분증을 꺼냈다. 재에게 받았던 마지막 신분증이었다. 신동해란 남자는 여전히 사진 속에서 수줍게 웃고 있었다. 나는 그의 최후를 알고 있었다. 내 눈으로 확인한 계약서에 따르면 그를 살아 있게 했던 모든 것들이 시장에서 팔려나갔다. 그를 숨 쉬게 하는 심장, 세상을 바라보게 하는 각막과 간과 콩팥까지. 심지어 그의 일부는 건강하지 못하단 이유로 값이 깎여 나가기도 했다. 그러나 영혼이란 게 있다면, 그의 영혼만큼은 아무도 거래하지 못했다.

나는 이제 그만 신동해란 남자의 이름을 돌려주기로 했다. 나는 불단 위에 놓여 있는 유품들 끝에 신동해의 신분증을 내려놓았다. 그러고는 고개 숙여 기도했다. 눈을 뜨자 조금 전보다 어두워진 것 같았다. 법당 안까지 깊숙이 스며들어왔던 햇빛이 물러나고 있는 중이었다. 서서히 천장에 새겨진 연꽃들도 어둠 속에 잠겨가고 있었다. 빛이 물러난 자리에 한차례 바람이 불어 들어왔다. 여름이 성큼 다가오며 저녁에 부는 바람도 포근했다.

나는 이제 더 이상 새로운 이름이 필요하지 않았다. 나는 이제 이름 없는 사람으로 살아가기로 했다. 도시 사람들은 그런 나를 식인귀라 부를 것이다. 세상의 끝인 이곳에서 나는 모든 걸 다시 시작하기로 했다. 물론 이름을 버렸다고, 그 이름으로 내가 저질렀던 악행들이 사그라지진 않을 것이다. 그렇다 하더라도 이곳에서라면, 다시 시작해볼 수도 있지 않을까. 이곳은 세상의 끝이 아닌 세상의 시작이므로.

  밥 익는 냄새가 흘러왔다. 오랜만에 허기가 느껴졌다. 나는 저녁 식사를 하기 위해 법당의 문을 나섰다. 저 멀리 불빛 아래 둘러앉은 사람들의 뒷모습이 보였다. 그들은 모두 새로운 삶을 살고 있는, 이름 없는 사람들이었다.

작가의 말

어느 저녁 집에 들어서니
누군가 와 있는 기척이 느껴졌습니다.
누군가는 형체가 없었지만 바람이나 습기처럼
저는 그의 존재를 알아챌 수 있었습니다.

간밤의 꿈을 더듬어보듯
그의 삶을 엿보았습니다.
그는 도시에서 살아남기 위해 이름을 잃었고,
자신을 팔았고, 늘 혼자였습니다.
그날부터 저는 입과 손이 팔려나간
그를 대신해 이야기를 적었습니다.

그의 이야기를 옮겨 적다가 한계가 찾아올 때면
그곳에 찾아갔습니다.
열차를 타고 어느 역에 내려
또다시 버스를 타고 달리다 보면
만나게 되는 산이었습니다.

막걸리와 파전을 파는 가게가 있고,
오래된 사찰이 있고,
나무 그늘에 부도탑들이
잊힌 사람들처럼 모여 있었습니다.
손님이 거의 들지 않는 기념품 가게엔
풍경들이 바람에 흔들리고 있었습니다.

산길을 오르다 보면 해가 저물었습니다.
어둠이 깊어질수록
길을 오르고 있는 그들의 뒷모습이 보이는 듯했습니다.
지쳐 있는 어깨와 겨우 붙어 있는 숨.

그들이 살고 있는 도시는 어쩌다
사람들에게 그토록 가혹해졌는가에 대해서…….

저는 소설을 쓰는 내내 고민해야 했습니다.

셈이 맞으면 가차 없이 교환하는
거래 공식 안에 포함된 '이름 없는 사람들'.

저는 그 산길에 그들이 잠시 쉬어갈 수 있는
둥근 상을 놓아보고 싶었습니다.

누군가 이 소설의 결말을 '환상'일 뿐이라 한다면
저는 지금의 세상도 진실은 아니라고 답하고 싶습니다.

아울러 이번에도 저의 원고를 세상에 놓아주신
은행나무출판사에 감사 인사를 전하고 싶습니다.
추천의 말을 적어주신 이다혜 작가님께
깊이 고개 숙여 인사드립니다.

언제나 곁에 머물러준 가족과
묵묵히 시간을 쏟아준
김서해 편집자님께도 각별한 고마움을 전합니다.

지금도 햇빛과 비를 맞으며 바람에 기대어 서 있을
그곳의 나무들을 떠올립니다.
누군가의 이름을 부르듯
흔들리던 종소리가 들려오는 듯합니다.
이 소설에 시간을 내주신 모든 분들의 귓가에도
그 소리가 가닿기를 간절히 바랍니다.

                              2019년 겨울을 앞두고
                                    박영 드림

이름 없는 사람들

1판 1쇄 발행 2019년 11월 22일
1판 8쇄 발행 2025년 7월 1일

지은이 · 박영
펴낸이 · 주연선

(주)은행나무
04035 서울특별시 마포구 양화로11길 54
전화 · 02)3143-0651~3 | 팩스 · 02)3143-0654
신고번호 · 제1997-000168호(1997. 12. 12)
www.ehbook.co.kr
ehbook@ehbook.co.kr

ISBN 979-11-89982-62-1 03810

• 이 책의 판권은 지은이와 은행나무에 있습니다. 이 책 내용의 일부 또는 전부를 재사용하려면 반드시 양측의 서면 동의를 받아야 합니다.

• 잘못된 책은 구입처에서 바꿔드립니다.